오늘은 지금 이 순간의 삶에 감사하고 만족할 줄 아는
검소한 하루가 되었으면 합니다.

_____ 님에게

오늘, 마음에 새기는 고요함 하나

삶이
소중한
이유

박치근 지음

미래북
miraebook

Prologue

아름다운 마무리는 내려놓음이다.
내려놓음은 일의 결과나 세상에서의 성공과 실패를 뛰어넘어
자신의 순수 존재에 이르는 내면의 연금술이다.

아름다운 마무리는 비움이다.
채움만을 위해 달려온 생각을 버리고 비움에 다가가는 것이다.
그러므로 아름다운 마무리는 비움이고
그 비움이 가져다주는 충만으로 자신을 채운다.

아름다운 마무리는 지금이 바로 그때임을 안다.
과거나 미래의 어느 때가 아니라
지금 이 순간이 나에게 주어진 유일한 순간임을 안다.
아름다운 마무리는 지나간 모든 순간들과 기꺼이 작별하고
아직 오지 않은 순간들에 대해서는
미지 그대로 열어둔 채 지금 이 순간을 받아들인다.

법정 스님

Contents

Two / 인생은 자기 자신과의
외로운 투쟁이다

Three / 세월은 흘러도 살아온 삶은
부끄럽지 않아야 한다

Four / 어머니는 자식의
절대적 가치관이다

Five / 마음그릇은 마음공부로
마음자리를 찾는 마음 밭이다

단순하고 평범한 것만으로도
충분히 만족을 얻을 수 있는 삶이 삶다운 삶이다.

One

삶이 소중한 이유는
지금 이 순간이 있기 때문이다

삶에 흠이 있다 해서
억지로 지우려 하지 마세요.
그 흠이
우리네 삶의 밑천일 수 있으니까요!

삶에 굴절이 있다 해서
굳이 펴려고 하지 마세요.
그 굴절이
우리네 삶의 나침반일 수 있으니까요!

삶이 무소유에 억울해 해도
애써 반발하지 마세요.
그 무소유가
우리네 삶의 필요선일 수 있으니 까요!

삶이 가진 자의 폭력에 주눅 든다 해도
상실감에 젖지 마세요.
그 상실감이
우리네 삶의 변호인일 수 있으니까요!

박치근 詩
[우리네 삶] 전문

삶이 소중한 이유는
지금 이 순간이
있기 때문이다。

오늘은 죽음 앞에 초연해질 수 있는 삶을 위해
지금 이 순간을 생의 마지막 순간이라 생각하고 살아가는
깨달음의 하루가 되었으면 합니다.

혹여 지금 이 순간 나름의 이유 있는 가슴앓이로
삶을 부정하고 있지는 않는지요?

삶은 부정의 이유가 되어선 안 됩니다.
삶의 부정은 죽음의 제단 위에 스스로 자신을 불사르는
어리석은 생각 그 이상 그 이하도 아닙니다.

삶과 죽음의 선택은
인간의 고유한 권리인 동시에 의무입니다.
인간이라면 누구나 피해갈 수 없는 통과의례나 마찬가지니까요.
하지만 죽음보다 삶이 더 소중하고 고귀한 이유는

죽어야 하는 이유보다 살아야 하는 이유가 더 많기 때문입니다.

'개똥밭에 굴러도 저승보다 이승이 더 낫다'는 속담도 있듯
지금 이 순간 살아 숨 쉬고 있다는
그 자체는 신의 축복인 동시에 선물입니다.

인간으로 살아있음은 그 아무리 전지전능한 신이라 해도
시시비비로 단죄할 수 없는
인간으로서의 고유한 특권이기 때문입니다.

시련과 고난이
없는 인생은
무기력한 인생이다。

오늘은 시련과 고난을 부정하고 거부하는 인생은
있으나 마나 한 허울뿐인 인생이라는 사실을
되새기는 하루가 되었으면 합니다.

시련과 고난이 없는 인생을 원하시나요?

그러지 마세요.

이 세상에 시련과 고난이 없는 인생은 있지도 않고,

있을 수도 없고, 있어서도 안 됩니다.

왜냐고요?

우리네 인생은 온갖 시련과 고난으로 인해 존재하고

그 존재 속에서 생성과 변화 그리고 소멸을 반복하는

숙명론적 화두에서 벗어날 수 없기 때문입니다.

우리네 인생은 시련을 통해서
성장하고 성숙할 수밖에 없는 이유를
운명처럼 알고 태어난 존재입니다.
시련과 고난을 통해 인생을 배우고 자신을 알게 되는 존재가
바로 우리 인간이기 때문입니다.

시련과 고난이 없는 평탄한 인생은 이 세상에 없습니다.
시련과 고난이 없는 인생은 무기력증에 빠져
허우적거리기 십상이니까요.

지금 그대에게 주어진 시련과 고난을 피하지 마세요.
지레 겁부터 먹고 주저앉지 마세요.
맞짱을 뜨는 오기로 두 눈 부릅뜨고 맞서 싸우십시오.
싸우다 보면 시련과 고난이란 녀석은
시나브로 꼬리를 사리게 될 테니까요.

03/ 세월은
시위를 떠난
화살과 같다。

오늘은 유유히 흐르는 세월의 강 앞에 서서
초연의 마음가짐으로 어제의 자신을 뒤돌아보고
오늘의 자신을 만족하고 내일의 자신을 미리 준비하는
의미 있는 하루가 되었으면 합니다.

하루하루가 행복이라고 생각하는 사람에게는

인생이 짧게 느껴지고

하루하루가 불행이라고 생각하는 사람에게는

인생이 길게 느껴지는 법입니다.

그렇습니다.

유한한 존재인 우리 인간은

세월의 이중적 잣대 놀음에

어쩔 수 없이 저울질당할 수밖에 없는

하찮은 미물 그 이상 그 이하도 아닙니다.

하지만 세월은 공평무사한 속성을 가지고 있습니다.
세월의 흐름을 불평불만으로 탓하는 사람에게는
느리게 흐르게 하고
세월의 흐름을 당연지사로 받아들이는 사람에게는
빠르게 흐르게 합니다.
젊음은 세월이 빨리 흘렀으면 하고 바라고
늙음은 세월이 느리게 흘렀으면 하는 바람은
어쩌면 당연한 인지상정인지도 모릅니다.

가는 세월 서러워 말고
오는 세월 탓하지 마세요.
가면 가는 대로 그냥 내버려 두세요.
그냥 오면 오는 대로 그냥 모른 척 하세요.
가는 대로 가는 것이 세월이며
오는 대로 오는 것이 세월입니다.

가는 세월 붙잡고 시비를 걸어본들 아무 소용없으며
오늘 세월 가로막고 막말을 해본들 자기 얼굴에 침 뱉는 격입니다.

04/새벽은 일상을 게을리하지 않는 자만이 누리는 특권이다.

오늘은 자기 긍정으로 하루를 시작하는 사람에겐
실패와 좌절이 없다는 진리를 배우는
슬기로운 하루가 되었으면 한다.

새벽을 맞이할 수 있다는 것은 아직 살아있다는 증거다.
뜨겁게 뛰는 심장 소리를 들으며
사람으로 살아간다는 것은 크나큰 축복이다.

그 축복에 감사할 줄 모른다면
사람으로 살아갈 자격이 없는 것이나 진배없다.

살아있음에 감사한다면 주어진 일상에 충실해야 한다.
일상의 충실은 자신과의 약속이다.
자신과의 약속을 먼저 충실하게 지킬 줄 아는 사람됨이
현자의 첫 번째 덕목이다.

자신과의 약속은 실행이 우선되어야 한다.

'새벽길을 걷는 사람이 첫 이슬을 턴다'는 속담도 있듯
자기 긍정의 힘이 실행의 지름길이다.

⁰⁵/ 행복은
살아가면서 알게 되는
깨달음이다.

오늘은 진정한 삶의 행복과 즐거움이
마음먹기에 따라 얼마든지
자신의 친구가 될 수 있다는 사실을 알게 되는
하루가 되었으면 한다.

자신 스스로가 선택한 삶에는
늘 행복과 즐거움이 함께 해야 한다.
사람으로 살아가야 하는 가치와 의미를
행복과 즐거움에서 찾아야 하기 때문이다.

행복과 즐거움은 삶의 지렛대이며 버팀목이다.
하지만 행복은 있되 즐거움이 없으면
삶은 무기력해지고 흥미를 잃기 쉽다.
무기력한 삶은 의욕을 잃게 하고
흥미를 잃은 삶은 무료하고 권태로워지기 쉽다.

즐거움은 있되 행복을 느끼지 못하면
행복은 있되 즐거움을 느끼지 못하면
삶은 피곤해지고 지치기 쉽다.

선택한 삶을 살아가는데 행복과 즐거움이 없으면
허무감과 상실감에 빠져 허우적거리기 마련이다.

행복을 느끼지 못하면 즐거움이 일어나지 않는다.
즐거움을 느끼지 못하면 행복 또한 일어나지 않는다.

행복과 즐거움은 서로 시샘하지 않는다.
행복은 즐거움을 위해 친구가 되어주고
즐거움은 행복을 위해 친구가 되어준다.

행복과 즐거움은 알고 있다.
선택한 삶의 행복과 즐거움은
하고 싶은 일의 의미와 가치를 되새김질하며
오늘도 그리고 내일도
열의와 성실로 하루를 살아가는 것임을.

삶과 죽음의 선택은

인간의 고유한 권리인 동시에 의무이다.
인간이라면 누구나 피해갈 수 없는
통과 의례나 마찬가지다.
하지만 죽음보다 삶이 더 소중하고 고귀한 이유는
죽어야 하는 이유보다
살아야 하는 이유가 더 많기 때문이다.

가장 아름답고 가슴 벅찬 하루

하루라는 시간을 새롭게 맞이하는 아침에 눈을 뜨면 무슨 생각부터 하시는
지요?
혹여 늘 그래왔듯이 어쩔 수 없다거나, 매일매일 똑같은 얼굴로 반복되는
날이니 진저리가 날 정도로 지겹다는 생각을 하고 있지는 않는지요?

그대의 하루는 아무나 단순하게 받아들이는 그냥 하루일 뿐이라는 생각은
버리십시오.
하루는 그대가 지금 서 있는 위치를 알려주는 이정표입니다.
하루는 그대에게 오늘은 어느 길, 어느 방향으로 가고 싶으냐고 묻는 물음표
입니다.

하루는 끊임없는 노력으로 늘 자기 일에 최선을 다하는 사람을 좋아합니다.
자기 일에 아무런 노력도 하지 않는 사람은 하루를 무의미하게 보내는 사람
입니다.
자기 일에 건성건성 대충대충 최선을 다하지 않는 사람은 하루를 무가치하
게 보내는 사람입니다.

오늘은 하루란 녀석에게 칭찬의 한마디를 해주세요.
- 하루야, 어제는 정말 고마웠어!

그리고 정중히 부탁의 한마디를 해보세요.
- 하루야, 오늘도 잘 부탁해!

하루가 환하게 웃으며 화답할 것입니다.
- 걱정 마. 어제처럼만 하면 다 괜찮을 거야! 오늘도 파이팅!

그리고 자신에게 이런 주문을 걸어보세요.
"그래! 오늘도 가장 아름답고 가슴 벅찬 하루가 될 것이야!"

우리는 누구다 다 소망합니다.
오늘이란 시간 속에 살아가는 하루가 가장 아름답고 가슴 벅찬 하루가 되기를……

하루를 포기하지 마십시오!
내일 또 다시 오는 하루라고 해서 게을리하지 마십시오!
오늘은 오늘이며, 내일은 내일입니다.
오늘이 내일이 될 수 없음이,
내일이 오늘이 될 수 없음이 세상사 이치이니까요.

⁰⁶/ 하찮은 미물도
자기 나름의
영혼이 있다。

오늘은 하찮은 미물에게도
나름의 영혼이 있다는 교훈 하나쯤은
마음에 새기는 하루가 되었으면 합니다.

흔하디흔한 이름 하나 없는 무명초를 아십니까?
혹여 꽃이라 불리지도 못하는 무명초를 본 적이 있습니까?

그 무명초, 하찮고 시시하고 보잘것없다고
무심결에라도 함부로 꺾거나 섣불리 밟지 마세요.

왜냐고요?

무명초는 질곡의 세파에 버림받은
한 생명의 거룩한 영혼의 환생이기 때문입니다.

어디서 태어났는지도 모르는
호적도 없는 하찮은 생명으로 태어난 운명적 굴레를
타고난 천성으로 알고 질긴 생명력 하나로
사시사철 자연을 벗 삼을 줄 아는
고상하고 우아한 기품이 대견스럽지 않습니까?

향기 없는 무명초라고 함부로 홀대하지 마세요.
무명초는 너와 나, 우리 모두의 자화상이기 때문입니다.

왜냐고요?

풍진보다 더한 냉대와 무관심 속에서도
한마디 불평불만 없이 인고의 세월 이겨내는
우리네 삶과 닮았기 때문입니다.

무명초는 우리 인간에게 충고합니다.
어제가 눈물겹도록 후회스럽고
오늘이 서럽도록 고단하고 힘들어도
버티고 버티다 보면 눈부신 내일을 맞이할 거라고!

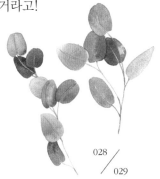

⁰⁷/부부 사랑은
많고 적음 크고 작음이 없는
공평한 저울이다.

오늘은 작은 선물 하나를 주고 싶은 기쁨으로
서로의 사랑을 확인하는
아름다운 하루가 되었으면 합니다.

무릇 부부는 주는 만큼만 받고, 받은 만큼만 주는
공평한 관계이어야 합니다.

남편은 사랑하는 아내에게
아내는 사랑하는 남편에게
먼저 받으려고만 하지 마십시오.
그냥 주고 싶은 만큼만 먼저 주세요.

부부의 참 사랑 공식은
하나를 주면 하나를 받고
둘을 주면 둘을 받는 데

그 존재의 가치가 있으니까요.

만약에 하나를 주면서 둘을 받아야겠다는 욕심으로
서로를 대하면
그것은 부부 간의 사랑 공식을 깨트리는
과욕 그 이상 그 이하도 아니기 때문입니다.

부부 사랑은 주고받는 사랑의 양과 질이
서로 다르지 않고 같아야 합니다.
많고 적음을 따지지 않고 크고 작고를 따지지 않고
그냥 있는 만큼만 주는 것이 최고의 보람이기 때문입니다.

남편(아내)이 아내(남편)를 사랑하는 조건은
인색하지 않아야 합니다.

사랑의 인색은 자칫 무관심으로 변하기 쉬우며
무관심은 최악의 경우 반목의 이유가 되기 때문입니다.

⁰⁸/ 내려놓고
버리고 비우면
삶은 간소해진다。

오늘은 그냥 그저 그렇게 아무 생각 없이
머릿속에 가득 들어차 있는
이기심 한 조각을 꺼내 기분 좋게 버릴 줄 아는
상큼한 하루가 되었으면 합니다.

단 한 번이라도 이기심을
버리고 비우고 내려놓으려고 노력한 적이 있나요?

우리 인간은 태어나는 순간부터
지금까지 살아오면서
매사 채우려고만 하고 항상 가지려고만 하고
늘 붙잡으려고만 안달하는 못난 존재인지도 모릅니다.

그렇습니다.
온갖 번민과 고통은
다 채우고 다 가지고 다 움켜쥐려고 하는

이기심에서 시작되는 정신 질환입니다.

지금이라도 늦지 않았습니다.
비울 것은 비우고
버릴 것은 버리고
내려놓을 것은 내려놓는 용기와 지혜를 가지십시오.

아무 소용이 없는 이기심으로 삶을 영위하면 할수록
번민과 고통은 우리의 몸과 마음 그리고 영혼까지
병들게 하기 마련이니까요.

지금 이 순간부터 내려놓으세요.
그러면 삶이 가벼워집니다.

지금 이 순간부터 버리십시오.
그러면 삶이 자유롭고 행복해집니다.

지금 이 순간부터 비우십시오.
그러면 삶이 평안하고 간소해집니다.

09/가을 고독은 홀로서기로 참 나를 만나는 소중한 시간이다.

오늘은 나름의 고독의 시간을 위해
호젓한 골목길 담벼락에 떨어진 낙엽을 밟아 보는
사색의 하루가 되었으면 합니다.

가을엔 아무도 간섭하지 않는 조용한 공간 속에서
자기 혼자만의 시간을 가져보세요.

고요함이 켜켜이 쌓여 있는 호젓한 산사에서
홀로서기로 자신만의 내면의 소리를 들어보세요.
혼자만이 존재하는 세계에서 자신의 실체를
현미경 들여다보듯 들여다보세요.

지금 자신이 서 있는 마음자리를
자기 눈으로 직접 확인할 수 있는 계기가 될 테니까요.

그리고 속으로 중얼거려 보세요.

자신이 어디서 왔는지

자신이 지금 어디에 있는지

자신이 누구인지

선택한 삶을 어떻게 살아왔는지

앞으로 어떻게 살아갈 것인지를 삶의 거울 속에 투영해 보세요.

생각 주머니를 차고

시시때때로 변하는 감정의 파장에 따라

희로애락에 울고 웃는

우리 인간은 혼자 있을 때 진정한 참 나를 만날 수 있습니다.

가끔 고독과 사색으로 함께 하는 홀로서기는

세파에 오염되지 않은 순수한 참 나를 만날 수 있는

소중한 시간이니까요.

10/ 황혼의 하루하루는 재도전을 위한 오늘이다。

오늘은 언젠가는 필연으로 도래할
황혼이 두려워 밤잠 설치지 않는
숙면의 하루가 되었으면 합니다.

황혼기에는 얼마 남지 않은 삶을 위해
주어진 시간을 그냥 헛되이 낭비하지 마세요.

"하루하루가 생의 마지막 날이라고 생각하라.
그러면 뜻하지 않은 오늘을 얻어 기쁨을 갖게 될 것이다."
라고 한 호라티우스의 말처럼 최선을 다하는 하루하루는
결코 그대를 배신하지 않을 테니까요.

주어진 시간에 자신이 하고 싶어 하는 일을 위해
나름의 최선을 다한다는 건
참된 용기며 굳은 의지의 발로입니다.

황혼기에는 자칫 나태해지기 쉬운 자신을 떳떳하게 대하세요.
한 점의 망설임이나 부끄럼도 없이
당당하게 생각하고 행동하세요.

매 순간순간이 두렵고
매 순간이 버겁고
매 순간이 벅차다는 생각은 추호도 하지 마세요.

그렇습니다.

이 세상에서 자기 자신에게
스스로 무릎을 꿇는 사람이야말로
구제불능 패배자 그 이상 그 이하도 아니니까요.

지금 이 순간부터 내려놓으세요.
그러면 삶이 가벼워집니다.
지금 이 순간부터 버리십시오.
그러면 삶이 자유롭고 행복해집니다.
지금 이 순간부터 비우십시오.
그러면 삶이 평안하고 간소해집니다.

세상에서 제일 값진 선물

세상에서 제일 값진 선물이 무엇이라고 생각하시나요?

답은 자기 자신, 바로 〈나我〉입니다.
왜냐고요?
하나의 생명으로 살아갈 수 있도록 낳아주시고 길러주신 부모님이 아니라
면 이 세상에 태어나지도 않았을 테니까요.

〈나〉는 모든 존재의 주체입니다.
세상이 있음으로 해서 〈나我〉가 존재하는 것이 아니라, 〈나我〉가 존재함으
로써 세상이 존재하니까요.

〈나〉는 모든 사물의 중심입니다.
중심이 없는 사물은 흔들리기 쉽고, 넘어지기 쉬우니까요.

〈나〉를 너무 부정하지 마십시오.
〈나〉를 부정하는 것은 삶을 부정하는 것이나 다름이 없으니까요.

〈나〉를 너무 지나치게 믿지 마십시오.
〈나〉를 과신하는 것은 삶을 자칫 오만과 교만으로 살아가게 하는 이유가 될
수 있으니까요.

〈나〉를 긍정하는 삶을 사십시오.
긍정은 온갖 의심과 불신, 대립과 반목 그리고 오해와
갈등, 슬픔과 불행에서 멀어지게 하는 힘이니까요.

오늘은 〈나〉에게 고마움의 한마디를 해 주세요.
- 오늘의 내가 있게 해주어서 정말 고마워!

매일 아침 자기 자신인 〈나〉에게 고맙다는 한마디를 잊지 마세요.
자신을 아무런 가치도 없다고 비관하는 사람일수록 이 한 마디를 꼭 해보
세요.
출근길 대문을 나서는 발걸음이 어제와 다르게 가벼워지고, 힘이 넘쳐날 테
니까요.
그리고 어깨를 쫙 펴고 걸으세요.
그리 호락호락하지 않은 세상사이지만 때로는 만만하게 보일 테니까요.

11/ 일상은 항상
공평무사한
얼굴이다。

오늘은 주어진 일상을 소홀히 하지 않는
마음공부로 작은 행복에 웃을 수 있는
향기 나는 하루가 되었으면 한다.

매일 반복되는 일상은 우리에게 많은 교훈을 준다.
하루하루를 위해 존재하는 우리가
지금 어디를 향해 가고 있으며
어디에 서 있는지를 알게 해주기 때문이다.

행복을 꿈꾸는 희망의 출발선에 서 있는지,
불행을 자초하는 절망의 늪에 빠져 있는지를 알게 해준다.

일상은 항상 공평무사한 얼굴이다.

누구를 그냥 좋아하거나 편들지 않으며

누구를 그냥 싫어하거나 따돌리지 않는다.
우리가 노력한 만큼만 인정하고
우리가 이룬 만큼만 보상해 주기 때문이다.

일상은 요행을 바라지 않는다.

꾸준히 땀을 흘리며 열심히 노력하는 자에게는
동등한 기회를 주지만 이기적인 이해타산으로
자신만을 위하고 온갖 사술로 남을 기만하는 자에게는
결코 호의를 베풀지 않는다.

일상은 늘 냉정한 마음으로 우리 모두를 시험한다.

마지못해 건성으로 시간을 허투루 낭비하는 자에게는
초라한 가난을 주고,
하는 일에 보람을 느끼며 최선을 다하는 자에게는
일용할 양식을 주기 때문이다.

12/그리움은
이심전심일 때
가장 아름답다.

오늘은 그리움을 알게 해준 그 누군가를 위해
그리운 마음을 전하는
기분 좋은 하루가 되었으면 합니다.

지금 어느 한순간에도
사랑하는 사람을 못 잊고 있나요?

그대는 지금 그리움이란 열병을 앓고 있군요.

굳이 잊으려고 하지 마세요.
그대는 사랑하는 사람을 온 마음을 다해 사랑하고 있는
용기 있는 사람입니다.

그 누군가가 그 누구를 못 잊고 그리워한다는 것은
사랑의 열병이 주는 아름답고 소중한 아픔입니다.

그 열병 기꺼운 마음으로 벗 삼으세요.

그 아픔 억지로 참으려 하지 마세요.

아파하면서 그 누구를 무한정 그리워하세요.

그때의 그리움은 그 누구를 미치도록 사랑하는

고귀한 증표 그 이상 그 이하도 아니니까요.

그리움은 사랑하는 사람을 늘 가까이 하고 싶은

성스러운 의식이며 자기 확인입니다.

그리움은 이심전심이어야 합니다.

혼자만 그리워하는 그리움은 자칫 아집과 독선

그리고 집착으로 흐르기 쉬우니까요.

그리운 사람이 있으면 그냥 그리워하세요.

그리워하지 않는 것보다는 덜 불행하니까요.

누군가를 그리워한다는 것은

자신만이 누릴 수 있는 기쁨이고 행복이고 축복이니까요.

¹³/집착은 번뇌와 미망을 부르는 이기심의 발로이다.

오늘은 집착에서 벗어날 때
비로소 자신 스스로를
구원할 수 있다는 진실을 깨닫는
하루가 되었으면 한다.

사물의 이치인 사리에 어두워 좌충우돌
갈피를 잡지 못하고 헤매는 정신 상태가 미망迷妄이다.
아무 이유 없이 중심을 잃고 흔들릴 때
미망은 심장 한편에 독버섯처럼 뿌리를 튼다.

미망을 부르는 것은 집착이란 녀석이다.
집착은 화를 부른다.
집착은 결코 소유할 수 없는 것들에 대한 지나친 이기심이다.
집착은 선선히 내려놓고 비우고 버려야 할 것들을
행동으로 옮기지 못할 때 기승을 부리고 활개를 친다.

내려놓고 버리고 비워도 좋을 것은 아무 생각 없이
그냥 내려놓고 버리고 비우는 것이 백번 낫다.

미망은 집착에 기생하는 암 같은 존재다.

하루를
포기하는 자는
오늘의 삶이 없다。

오늘은 일출을 바라보며
앞으로 살아가야 하는 삶의 무게와 깊이
그리고 넓이와 높이를 생각해 보는
하루가 되었으면 한다.

일출은 하루의 시작을 알리는 자명종의 울림 같은 것이다.
동해 바다 수평선을 붉게 물들이며 솟구치는
그 장엄한 순간에
우리는 오늘이란 이름의 하루를 맞이하려는 채비를 서두른다.

우리가 일출을 기다리는 이유는
어제를 살며 지친 몸과 마음을
오늘 새롭게 추스르기 위해서며,
이성에 반하는 편견과 아집,
속됨과 추함을 벗어던지고
인간다운 삶을 포기하지 않는 열정으로

오늘을 맞이하기 위해서다.

일출은 오늘도 지침이 없는 포용으로
자신을 반기는 동해 바다의 포근한 가슴에 감사할 줄 안다.

15/산행은 몸과 마음과 영혼을 일깨우는 자기 수련이다.

오늘은 무릇 인생은 무지에서
자아 성찰로 가는
긴 여행이라는 사실을 깨닫는 하루가 되었으면 한다.

우리가 산을 오르는 것은
남보다 좀 더 깊이 있는 자아 성찰을 하기 위해서다.

산을 오르면 몸과 마음 그리고 영혼이 하나가 된다.
몸은 건강해지고 마음은 맑아지고 영혼은 안정을 얻는다.
그런 가운데 진정한 성찰의 의미를 깨달은
자아自我를 발견하게 된다.

무릇 인간은 한계를 느낄 수밖에 없는 유한한 존재다.
유한하다는 것은 필요 기준에 미치지 못한다는 뜻과 같다.

하지만 부족한 부분을 채우고 싶은 것이
인간의 공통된 욕망이다.
우리는 그 욕망 때문에
사소한 일에도 서로 시기하고 반목한다.

아서라!

분별없는 시기와 반목은
정신적 성찰을 방해할 뿐만 아니라
〈나〉의 〈의미〉를 불확실하게 만든다.

자아 성찰로 〈나〉의 의미를 찾아라!
자아 성찰은 절제된 생각을 통해서만이 얻을 수 있다.
머리는 있되 절제된 생각이 없는 사람은 자아 성찰도 없다.

없다는 것은 무의미, 무가치다.
무의미, 무가치는 삶의 존재까지 부정하는 탈인간적 과오다.

산을 오르는 건
산이 있어 내가 오르는 것이 아니라
내가 있어 산을 오르는 것이다.

미망을 부르는 것은 집착이란 녀석이다.
집착은 화를 부른다.
집착은 결코 소유할 수 없는 것들에 대한
지나친 욕심이다.
집착은 선선히 내려놓고 비우고
버려야 할 것들을
행동으로 옮기지 못할 때 기승을
부리고 활개를 친다.

세상에서 가장 위대한 것

세상에서 가장 위대한 것이 무엇이라고 생각하는지요?
답은 삶을 살아가면서 지금 하고 있는 우리 자신의 일입니다.
왜냐고요?
일을 하지 않고는 삶에 대한 아무런 생각도, 아무런 행동도, 아무런 가치도,
아무런 의미도 찾을 수 없으니까요.

우리 인간의 신체 구조는 일을 할 수 있도록 일사불란하게 조립되어 있습
니다.
무엇인가를 생각하게 하는 머리, 그 생각을 행동으로 옮기게 하는 몸, 그 행
동을 도와주는 두 손과 두 발이 있으니까요.

일은 조물주가 우리 인간에게 주는 특혜이며 축복입니다.
그리고 일은 많은 땀과 뜨거운 열정 그리고 참고 견디는 인내와 끊임없는
노력, 이 네 가지를 필요로 합니다.
우리는 이 네 가지를 매일매일 행하며 일의 손익계산서를 따져 봐야 합니다.

땀의 손익계산서는 흘린 양이 많고 적고의 차이에서 그 가치가 달라집니다.

열정의 손익계산서는 쏟아부은 마음이 더하고 덜하고의 차이에서 그 가치가 좌우됩니다.
인내의 손익계산서는 참고 이겨낸 정신이 무겁고 가볍고의 차이에서 그 가치가 가늠됩니다.
노력의 손익계산서는 일시적이냐 지속적이냐 하는 차이로 그 가치를 평가할 수 있습니다.

지금 혹여 일을 두려워하고 있지는 않는지요?
사람이 하는 모든 일에는 두려움이 따르는 법입니다.
이 세상에 아무나 쉽고 만만하게 할 수 있는 일은 없으니까요.

지금 혹여 일을 망설이고 있지는 않는지요?
모든 일은 망설임으로부터 시작되는 법입니다.
아무런 망설임 없이 선뜻 덤벼들 수 있는 일은 일이라 할 수 없으니까요.

지금 당장 무슨 일이든 하세요.
큰일이든 작은 일이든 피하지 말고 당당하게 맞서십시오.

커피 한 잔과 담배 한 대로 상념에 빠지는 것도 일입니다.
한 권의 책을 읽는 것도, 가까운 지인에게 전화 한 통을 하는 것도 일입니다.

아무런 일도 하지 않으려는 것은 아무런 생각도 하지 않으려는
어리석음 그 이상 그 이하도 아닙니다.
인간 존재의 의미는 생각과 일(행위)의 소통에 있으니까요.

가을은 고독과
사색으로 채워지는
텅 빈 충만이다.

오늘은 텅 빈 충만의 마음으로
홀로서기 고독과 사색을 즐기며
자기 자신을 먼저 사랑하는 하루가 되었으면 합니다.

혹여 가을 고독을 마음의 구속으로부터 자유롭지 못한
계절의 후유증이라 생각 하시나요?

세파에 지친 마음의 구속으로부터
진정 자유로워지고 싶다면
가을의 정취를 한껏 만끽하며 한 번쯤 고독과 함께
나름의 사색을 즐기는 것도 괜찮습니다.

가을엔 홀로서기 고독으로 자신을 뒤돌아보세요.
새벽이슬에 부스스 눈 뜨는 이름 모를
가을 풀꽃들의 의연함은

나름의 고독과 사색이 주는 홀로서기로
자신을 사랑하고 싶은 자기 확인이니까요.

가을 고독은 자신도 모르는 사이
잠시 잊고 있었던 소중한 그 무엇을
잠깐 잃어버린 소중한 그 무엇을 일깨워 주어
마음의 평정을 얻게 하는 기회가 될 테니까요.

가을 고독은 지나간 날을 후회하는 상심의 계절이 아닌
다가올 내일을 예비하는 자기 수양입니다.

가을 고독은 닫힌 마음을 접고 열린 마음으로
세상을 바라보는 깨달음의 혜안입니다.

Two

인생은 자기 자신과의
외로운 투쟁이다

오늘도 살아 숨 쉬는
우리에게 일상의 숨소리 듣게 하시고
창가를 기웃거리는
여명의 기운에 살아있는 빛무리 들게 하시고
내일도 살아가야 하는
우리 모두에게 하루의 충일 배우게 하시고
빈부의 높고 낮음 없이도
고루 마시는 공기 같은 세상 열어 주시고
새벽이 열리기를 기다리는
이 세상 모든 이들에게
조물주의 식탁에 함께 자리할 수 있는
하 나 가 되 게 하 십 시 오!

박치근 詩
[기도] 전문

¹⁷/황혼은
필수가 아닌
선택이다.

오늘은 황혼의 거울 앞에 서서
당당하게 웃을 수 있는
패기 있는 하루가 되었으면 합니다.

언젠가는 뿌리칠 수 없는
냉정한 현실로 다가올 황혼이 두려우신가요?

결코 두려워하지 마세요.

황혼이란 관문은
생로병사 희로애락의 굴레에서
벗어날 수 없는 인간인 이상
어차피 한 번은 거쳐야 할 통과 의례 그 이상 그 이하도 아닙니다.
피하고 싶다고 해서 피해지는 게 아니기 때문입니다.

황혼은 덧없이 흐르는 유유한 세월처럼
가지 말란다고 안 가거나
붙잡는다고 되돌아서지 않는 시간의 흐름일 뿐입니다.

그렇다고 그냥 방치하거나 방관하지는 마세요.
방치와 방관은 또 다른 이름의 자기 방임일 뿐이니까요.

삶의 한 모퉁이에 황혼의 그림자가 드리우면
그냥 아무 생각 없이 의연하게 맞서십시오.
당당히 맞서다 보면 나름의 비상구 하나쯤은
있기 마련이고 보이기 마련입니다.

그 비상구를 향해 용기 있게 달리십시오.
그러다 보면 시나브로 살짝 비껴가는 게 황혼의 얼굴이니까요.

황혼은 필수가 아닌 선택입니다.
어떤 황혼을 선택하느냐에 따라
남아 있는 삶의 무대가 달라 보일 테니까요.

¹⁸/기도는
긍정의 힘이다。

오늘은 집착과 이기심을 버리고
온갖 미망과 미혹에서 방황하는
자신을 위해 기도하는
긍정의 하루가 되었으면 합니다.

하루 한 번의 기도는 하루의 신념을 확인하는
자신과의 소중한 약속입니다.
이 세상에 기도하는 마음보다 아름다운 마음은 없습니다.
기도로 시작하는 하루는 그지없이 소중한 일상입니다.
기도는 자신에게 충만한 사랑과 행복과 기쁨을 전하는
축복의 사절입니다.

기도는 용서를 구원하는 용기입니다.
그 누구를 기도로 용서할 줄 아는 사람은
그 누구보다도 용기 있는 사람입니다.

기도는 가야 할 방향을 잃고
줏대 없이 방황하는 생각과 마음을
한곳 한 방향으로 모으는 성스러운 의식입니다.

부정적인 것을 긍정적으로 받아들이며
나름의 고요함 속에서 깨달음에 몰입하여
자신의 내면을 들여다보게 하는 긍정의 힘이기 때문입니다.

오늘도 그리고 내일도
기도할 수 있는 참 나我를 찾으세요.
온갖 미혹과 미망에 사로잡혀 방황하고 있는 자신을
원래 있던 마음자리로 되돌려 놓으니까요.

오늘에 만족하고 오늘에 충실할 수 있는 기도를 하세요.
내일에 대한 집착으로 하는 기도는
아무런 의미가 없기 때문입니다.

¹⁹/바다의 침묵은
말없음이 아니라
관망과 관조의 자세이다.

오늘은 '만언만당(萬言萬當) 불여일묵(不如一黙)'
만 마디 말보다 한 번의 침묵이 낫다는
교훈을 되새기는 하루가 되었으면 합니다.

우리는 알지 못합니다. 아니, 잊고 사는지도 모릅니다.
바다가 침묵할 때
그 고요함이 얼마나 두려운 존재로 다가서는지.

우리네 삶도 마찬가지입니다.
사람이 침묵을 지킬 때
그 침묵 속에 감춰져 있는 분노의 야성이 얼마나 강한지를.

바다는 우리에게 교훈을 줍니다.
운명처럼 떠안고 아등바등 살아갈 수밖에 없는
우리네 일상 속에서

자신이 미워질 때 담담한 침묵으로 자신을
뒤돌아볼 줄 아는 지혜가 필요하다는 것을!

바다는 우리에게
'침묵을 사랑할 줄 모르는 사람은 자신을 믿지 못한다!'고
하소연합니다.

침묵은 말없음이 아니라 한발 물러서서
자신을 관망하고 관조하는 자기 성찰입니다.

침묵을 늘 가까이 하세요.
말이 많으면 쓸 말이 적다는 말도 있듯
하고픈 말이 많은 사람은
귀 기울여 들어야 할 말을 듣지 못하는
귀머거리가 되기 쉬우니까요.

20

당당한 삶은
자신의 삶을 묵묵히
살아가는 자의 몫이다。

오늘은 모방과 흉내로 재가공된 삶은
결코 자신의 것이 될 수 없다는
진리를 깨우치는 지혜의 하루가 되었으면 한다.

우리의 삶은 초대하지 않은 위기에 항상 노출되어 있다.
인간이기에 언젠가는 필연적으로 맞닥뜨려야 하는
깊고 깊은 죽음의 늪처럼.

하지만 위기는 극복될 수 있기에 위기인 것이며,
기회 또한 아무에게나 공평하게 주어지는 것이 기회다.

오늘 하루 그리고 내일 하루
당당한 삶을 살고 싶으면
주어진 삶이든 선택한 삶이든
섣불리 무릎 꿇고 구걸하지 말라!

비굴한 삶을 사느니
차라리 죽을 각오로 당당하게 맞짱을 뜨라!

모름지기 삶이란 녀석은 당당한 모습을 좋아한다.
피를 토하고 싶은 굴욕의 순간에도
속으로 호탕하게 웃을 줄 아는 배짱을 좋아한다.

삶은 자신을 탓하는 인간을 경멸한다.
최악의 굴욕의 순간에도
속으로 이럴 수밖에 없었다는 당위성을
주장하는 인간을 높이 평가한다.
남이 대신 살아줄 수 없는 것이 우리네 삶의 본질이다.

당당한 삶을 살고자 하는 자에겐
위기는 기회일 뿐이며
불행은 언젠가는 스쳐 지나가는 바람 같은
덧없는 신기루일 뿐이다.

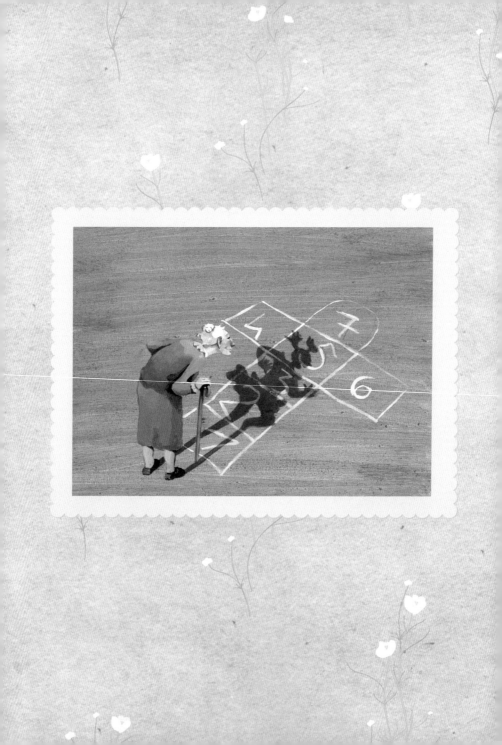

황혼은 필수가 아닌 선택이다.
어떤 황혼을 선택하느냐에 따라
남아 있는 삶의 무대가 달라 보인다.

오뚝이처럼 살아가기

한 번이라도 돌부리에 걸려 넘어져 본 적이 있나요?
그 순간 무슨 생각이 먼저 머리를 스치던가요?
창피함이 먼저 뇌리를 스치는 사람은 생각의 깊이가 얕은 사람입니다.

왜냐고요?
부주의로 일어난 실수든, 다른 데 한눈을 팔다 일어난 실수든 그것은 길을 걷다
보면 누구나 한 번쯤은 충분히 경험할 수 있는 일이니까요.
그러니 부끄럽다느니 체면이 깎였다느니 하는 좁고 얕은 생각을 하는 건 당연지
사인지도 모릅니다.

누군가가 그러더군요.
우리의 삶은 넘어짐과 일어섬이 반복되는 가운데 희로애락을 느끼며 살아가기
마련이라고.
그럴지도 모릅니다.
넘어짐으로 해서 일어설 수 있는 기회가 주어지는 것이며, 일어섬으로 해서 다시
넘어질 수 있는 기회가 주어지는 것이니까요.

자주 넘어지고 일어서는 연습을 해 보세요.
많이 넘어지면 질수록, 많이 일어나면 날수록
돌아가는 세상과 사람들을 똑바로 볼 수 있는 기회가
더 많아질 테니까요.
그 기회는 넘어짐과 일어섬이 너와 나,
우리 모두에게 주는 소중한 교훈입니다.

자전거는 많이 넘어져 본 사람이 잘 타는 법입니다.
넘어지는 방법부터 배우는 것이 자전거를 잘 탈 수 있는 비결이니까요.
수영도 물을 많이 먹어 본 사람이 잘 하는 법입니다.
물을 먹어가며 호흡을 제대로 하는 방법을 배우는 것이 수영을 잘 할 수 있는 비
결이니까요.

그렇습니다.
이 세상에 어려움과 부지런 없이는 그 어떤 작은 일도 이룰 수 없으니까요.

어느 쪽으로 넘어뜨려도 오뚝오뚝 다시 일어서는 오뚝이를 가지고 놀아본 적이
있나요?
오뚝이가 다시 일어설 수 있는 비결은 아랫부분을 무겁게 한 장치에 있습니다.
그 장치가 오뚝이를 아무렇게나 넘어뜨려도 다시 일어서게 만드는 힘입니다.
그 힘이 바로 일어서는 오뚝이의 의지인 것입니다.

오늘 당장, 보란듯이 언제 그랬냐는 듯 천연덕스런 얼굴과 몸짓으로 벌떡 다시 일어서는 의지의 오뚝이처럼 넘어져도 다시 일어설 수 있는 의지로 자신을 일으켜 세워 보십시오.

그래야만 자신이 선택한 삶의 무대에 조연이 아닌 주인공으로 우뚝 설 수 있을 테니까요.

21

과욕은
자기 분수를 모르는
맹목적인 욕심이다.

오늘은 조금 부족한 가운데
나름의 풍요를 누리는
청빈의 하루가 되었으면 한다.

분수에 넘치게 탐내거나 누리고자 하는 마음을 욕심이라 한다.
우리 인간은 욕심이란 원초적 본능의 바퀴를 굴리며
살아갈 수밖에 없는 이기적인 존재다.

남보다 좀 더 많이 소유하고 싶은 충동 하나로
자신을 함부로 내던지는 우매한 존재가 인간이다.
죽는 줄 뻔히 알면서도 불 속으로 생명을 내던지는 불나방처럼.

뭔가를 탐하고 싶은 이기심이 없는 인간은 이 세상에 없다.
덜하고 더한 차이가 있을 뿐이지
누구나 한 번쯤은 이기심에 사로잡혀 과욕이란 가면을 쓴다.

과욕에 눈이 먼 사람은 정신과 영혼이 부재중인 사람이다.

감당할 수 있는 만큼만 받아들여라!
그릇에 넘쳐흐르는 물은 이미 물이 아니듯
분수를 벗어난 맹목적인 욕심은 과욕일 뿐이다.

'욕심이 사람 죽인다'는 속담을 아는가?
가질 수 있을 만큼 가졌으면 더는 가지지 말라는 뜻이다.

자고로 우리 인간들은 욕심이 너무 지나치면
미로 속에서 허둥대다 결국에는 사리를 분별하지 못하고
위태로운 일까지 거리낌 없이 하게 되는 불완전한 존재다.

22/ 삶은
자기답게 살고자 하는
의지에 좌우된다。

오늘은 자기답게 살지 못하면
성공한 삶보다 실패한 삶을 살아갈 수밖에 없다는
사실을 간과하지 않는 하루가 되었으면 합니다.

만물의 영장으로 불리는 우리 인간은
자기답게 살고 싶은 원초적 욕망을 가지고 있습니다.

그렇습니다.
어쩌면 우리 인간은 자기만의 개성 있는 색깔을
마음껏 발휘하면서 제 몫의 인생을 살아가고 싶은
지극히 이기적인 존재인지도 모릅니다.

그 존재의 의미는 실패하는 삶보다
성공하는 삶을 영위하고 싶은 잠재 능력 그 이상 그 이하도 아닙니다.

하지만 우리는 자신의 개성에 어울리는
삶의 길을 걸어가야 하는 의무가 있습니다.
자칫 자신의 취향과 성향에 어울리지 않는
삶의 길을 선택하게 되면
자신도 모르게 자가당착에 빠질 수도 있습니다.

그렇습니다.
우리 인간은 자기답게 살아가지 못하면
자신도 모르는 사이에 출입구가 없는 미로 속을
무작정 방황하게 되는 미약한 존재이기도 합니다.

²³/향기 나는 만남은
한때의 마주침이 아닌
서로의 교감이다.

오늘은 그 누구와의 아름다운 만남의 시간을
가슴 깊이 추억하는
소중한 하루가 되었으면 합니다.

이 세상에 처음부터 백 퍼센트 완전한 만남은 없습니다.
진정한 만남은 서로 사랑하면서
천천히 아주 천천히 만들어 가는 것이니까요.

그렇습니다.
향기 나는 진실한 마음으로 서로 힘껏 포용할 때
비로소 참다운 만남은
둘이 아닌 하나로 가슴 한편에 자리하기 때문입니다.

서로를 배려하는 아름다운 교감이 한데 어우러진 만남은
너와 나, 둘이 아닌

너와 나, 우리 함께라는 동지애 그 이상 그 이하도 아닙니다.

한번 맺은 만남의 끈을 스스로 놓지 마세요.
놓는 순간 너와 나 우리라는 관계는
남보다 못한 사이로 멀어지니까요.

한번 맺은 만남은 소중하게 간직하세요.
사소한 일에 변덕을 부리거나 예민해 한다거나
하찮은 일에 이기적인 집착과 아집을 보인다면
그 만남은 향기 잃은 꽃처럼
보잘것없는 추억으로 전락하기 쉬우니까요.

사시사철 향기 나는 만남을 만들어 가세요.
향기 나는 만남이야말로
삶다운 삶을 살아갈 수 있는 밑천이니까요.

²⁴/마음의 상처는
그때그때
지워야 한다。

오늘은 남이 대신해 줄 수 없는
마음의 상처가 있다면 자신이 전문의가 되어
과감하게 집도의 메스를 드는
용기 있는 하루가 되었으면 합니다.

너와 나, 우리 모두는 모래알처럼 많은 사람들과
수없이 부대끼며 아등바등 살아가는 동안
자의든 타의든 본의 아니게 마음의 상처를 입기 마련입니다.

특히 자신은 아무런 잘못이 없는데 생긴 마음의 상처는
때로는 자신을 우울하게 하고
때로는 자신을 방황하게 하고
때로는 자신을 상실감에 젖어들게 합니다.

남으로부터 받은 마음의 상처는 쉽게 잊히지 않습니다.
잊히지 않는 만큼 순간순간 판단을 흐리게 합니다.

판단이 흐려지면 일상의 리듬이 깨지기 쉽습니다.
일상의 리듬이 깨지면 고귀한 자신의 존재를
부정적으로 생각하게 됩니다.
부정적인 생각은 부정적인 행위를 자초하는
어리석음을 불러오게 됩니다.
어리석음은 무지와 분노의 원인이 됩니다.

마음의 상처는 가만히 두면 덧나기 쉽습니다.
덧나기 전에 그때그때 지워 버려야 합니다.
지우지 않으면 불안과 두려움으로 남기 쉽습니다.
불안과 두려움은 매사를 긴장 속에 살게 하는
심리적 스트레스를 불러일으킵니다.

백해무익한 마음의 상처는 아무 소용이 없습니다.
소용이 없는 것은 그때그때 지워 버려야 합니다.
마음의 상처 하나하나가 켜켜이 쌓이고 쌓이면
시나브로 황폐해지는 건 정신뿐이기 때문입니다.

²⁵/인생은
자기 자신과의
외로운 투쟁이다.

오늘은 우유부단한 인생으로 점철된 일상은
돌이킬 수 없는 회한만이 남는다는
교훈을 되새기는 생각의 하루가 되었으면 합니다.

단 한 번이라도 '무엇을 위해서 살아가야 하는가?' 하는
의문을 가져본 적이 있나요?

그 의문조차 낯설다면
그대는 지금 인생의 목적을 모르는
부평초 같은 인생을 살고 있는 셈입니다.

인생의 목적이 없는 사람은
어디를 가야 할지 모르는
삶의 방향 감각을 잃어버린 사람입니다.

인생의 목적과 방향을 상실한 사람은
삶의 표류자 그 이상 그 이하도 아닙니다.

우리의 인생은
언제 어디에서 어떤 목적을 가지고
어디로 가야 하느냐에 따라
행복과 불행의 갈림길에서 방황하는 존재니까요.

우리는 주어진 기회에 우왕좌왕하는
나름의 결단력이 실종된
우유부단한 인생을 살지 않아야 합니다.

인생은 자기 자신과의 외로운 투쟁의 연속입니다.
자신 자신과의 싸움에서 지는 순간
목적이 없는 삶을 살아가는
나약한 인간으로 전락하기 마련입니다.

무언가를 탐하고 싶은
이기심이 없는 인간은
이 세상에 없다.
덜하고 더한 차이가 있을 뿐이지
누구나 한 번쯤은 이기심에 사로잡혀
과욕이란 가면을 쓴다.
과욕에 눈이 먼 사람은
정신과 영혼이 부재중인 사람이다.

쾌락快樂과 이상理想

욕망의 충족에서 오는 유쾌한 감정인 쾌락과 생각할 수 있는 범위 안에서 가장 완전하다고 여기는 이상의 의미를 알고 있는지요?

답은 성적 환상이나 육체적 욕구를 불러일으키는 말초적인 욕망이 쾌락이며, 좋고 나쁨을 구별하여 바르게 판단하는 능력에 근거하는 이성적인 욕망이 이상입니다.

우리 인간은 삶을 살아가는 동안 알게 모르게 이상보다 쾌락에 많은 돈과 시간 그리고 열정을 투자하는 위험천만한 존재인지도 모릅니다.
그 이유는 자본주의가 조장한 물질 만능 주의에 몸과 정신 그리고 영혼까지 오염된 채 길들여 있기 때문이 아닐까요?

우리는 깨달아야 합니다.
물질이 풍부하게 넘쳐나는 세상일수록 인간의 정신은 황폐해질 대로 황폐해지고, 몸은 망가질 대로 망가지고, 영혼은 비상구도 없는 미로를 방황하게 된다는 사실을.

쾌락을 따르는 인간은 불빛을 향해 제 몸을 스스럼없이 내던지는 하루살이와 다를 바 없습니다.

제 몸이 까만 한 줌의 재로 다 타버릴 때까지 멈추는 법이 없으니까요.

쾌락은 아주 즉흥적입니다. 찰나의 감정에 치우치기 쉬우니까요.

쾌락은 그지없이 즐겁고 달콤합니다. 몰입하는 순간부터 모든 것이 자신을 위한

다고 생각하니까요.

쾌락은 한번 빠지면 끊기 힘들어집니다. 그 어떤 감정보다 중독성이 강한 속성을

드러내니까요.

반면에 이상은 아주 생각이 깊습니다.

한순간의 판단에 쉽게 휩쓸리지 않으니까요.

이상은 그지없이 담담한 성격입니다.

어지간해서는 동요動搖를 보이지 않으니까요.

이상은 가슴에 품을수록 냉정해집니다.

나설 때와 나서지 말아야 할 때를 가릴 줄 아니까요.

쾌락을 멀리하는 삶을 살아가십시오.

쾌락에 빠지면 현재는 더없이 즐거울지 모르나 미래는 고단한 법이니까요.

이상을 찾아나서는 삶을 살아가십시오.

이상을 가까이하면 현재는 더없이 피곤하겠지만 미래는 즐거운 법이니까요.

26

참된 사랑은
아낌없는 이해와
배려에서 나온다.

오늘은 소중한 그 누구를 위해
그동안 잊고 있었던 이해와 배려를 베푸는
착한 하루가 되었으면 합니다.

혹여 그 누구를 소유하고 싶은 마음이
사랑이라고 착각하고 있지는 않는지요?

혹여 그 누구에게 스스로 소유당함으로써
사랑을 얻었다고 착각하고 있지는 않는가요?

그 누가 누구를 소유하고
그 누가 누구에게 소유당하는 것이
사랑의 본질이라고 생각하지 마세요.

사랑을 빙자한 소유는 서로가 서로를 부자유스럽게 만드는 구속인 동시에 속박 그 이상 그 이하도 아닙니다.

서로 간의 구속과 속박이 집착으로 변하면
사랑은 고통과 불행의 연속일 뿐입니다.
그러한 관계는 언젠가 미움으로 변질되기 마련이니까요.

사랑은 소유물이 아닙니다.
서로를 구속하고 속박하는 사랑은
서로를 돌아서게 만드는 원인 제공의 주범입니다.

누가 누구를 진정으로 사랑하는 마음의 근간은
그 누가 그 누구를 자유롭게 해주는 이해와 배려입니다.
이해와 배려가 없는 사랑은 허수아비 사랑입니다.

참된 사랑은 그 누가 누구를 소유하려 들지 않고
그 누가 누구에게 소유당하지 않을 때
비로소 소중한 의미와 가치를 찾을 수 있으니까요.

27

황혼은
결코 여분의
삶이 아니다.

오늘은 낯설기만 한 황혼의 그림자를 지르밟으며
미처 깨닫지 못한 삶의 존재의 이유를 되새김질 하는
사유(思惟)의 하루가 되었으면 합니다.

삶의 문턱 한편으로 황혼의 그림자 드리울 때는

초연한 마음으로 당당히 맞서십시오.

맞서다 보면 나름의 담담한 배짱이 생기기 마련이니까요.

연륜의 나이테가 주는 담담한 배짱은

속되지 않은 깨달음과 지혜에서 나오니까요.

자기 나름의 깨달음과 지혜가 없는 황혼은

여태껏 살아온 삶에 대한

어리석음 그 이상도 그 이하도 아닙니다.

더 이상 잃을 것도 없는

더 이상 비울 것도 없는

더 이상 버릴 것도 없는

더 이상 내려놓을 것도 없는

무념무상의 마음자리로 황혼을 맞이할 때

비로소 덧없는 긴 세월 살아온 삶이

결코 헛되지 않았다는 사실을 깨달을 테니까요.

희뿌연 새벽 여명 창가로 드리울 때

황혼은 죽을 날이 얼마 남지 않은 여분의 시간이 아니라

앞으로 살아가야 할 시간이 살아온 시간만큼 남은 시간입니다.

28/ 받는 사랑보다
주는 사랑이
더 아름답다。

오늘은 소중한 한 사람에게
사랑의 하트를 주고 싶어 안달 내는
기분 좋은 하루가 되었으면 합니다.

삶의 존재 이유는 사랑이어야 합니다.
사랑이 없는 삶은 오아시스가 없는
황량한 사막이나 다를 바 없으니까요.

삶의 존재 이유는 사랑에 있으며
사랑의 존재 이유는 삶에 있다는 명제는
자연의 질서인 동시에 우주의 법칙입니다.

이 세상에 그 누구를 그 무엇을
사랑하지 않는 사람은 존재하지 않습니다.
아니, 존재할 수 없습니다.

우리 인간은 사랑의 의지와 힘으로 삶을 영위할 수밖에 없는
약하면서도 강한, 강하면서도 약한
이중적인 존재 그 이상 그 이하도 아닙니다.

삶의 진정한 가치와 의미는
서로 사랑으로 더불어 살아가야 할
이유를 알 때 비로소 깨닫게 되니까요.

많이 더 많이 사랑하십시오!
열심히 아주 열심히 사랑하십시오!
다만 자신부터 사랑하면서 사랑을 베푸십시오.
받는 사랑보다 베푸는 사랑이 더 아름답기 때문입니다.

사랑은 삶의 불문율입니다.
지금 이 순간 미치도록 죽도록 영원토록 사랑하십시오.
죽을 각오로 미치게 사랑하면 할수록
사랑은 더 고귀해지는 법이니까요.

²⁹/방황은
한계를 극복하기 위한
새로운 도전이다。

오늘은 방황은 길을 잃은 것이 아니라
새로운 길을 시작하는 출발점이란
교훈을 되새기는 하루가 되었으면 합니다.

지금 뭘 어떻게 할 지 몰라 방황하고 있나요?
혹여 방황의 실체를 알고 있다면
그대는 방황의 의미와 가치를 알고 있는 사람입니다.

자신 스스로 초래한 방황이든
남으로 인해 생긴 방황이든
방황에서 벗어나야 한다는 사실을
그 누구보다도 더 잘 알고 있기 때문입니다.

우리 인간은 선택한 삶을 살아가면서
늘 평상심을 유지하기란 쉽지 않습니다.

그렇습니다.
방황은 부정할 수 없고 벗어날 수 없는
희로애락의 구속에서
자유로울 수 없는 감정의 동물인 이상
어쩔 수 없이 부대껴야 하는 정신적 고통이니까요.

우리가 방황을 하는 이유는
자신이 진정으로 원하는 삶을 살고 있지 않기 때문입니다.

아직 늦지 않았습니다.
늦다고 생각할 때가 가장 빠르다는 말도 있듯
지금부터라도 그대가 진정으로 하고 싶은 일을 하십시오.

절로 신명이 나고 즐거워지는 일을 하십시오.
그러면 방황이란 불청객은
시나브로 저만치 돌아앉을 테니까요.

^{30/}인연은
순간이 아닌
영원으로 가는 만남이다.

오늘은 인연의 일기장 한 페이지를
기록할 수 있는
아름다운 하루가 되었으면 합니다.

인연을 소중히 하세요.

우연이든 필연이든 한번 맺은 인연은

순간이 아닌 영원으로 가야 하는

소중한 만남이며 동반이기 때문입니다.

하나의 인연은

헤어짐을 전제로 하지 않아야 합니다.

하나의 인연은

떨어짐을 행사하지 않아야 합니다.

헤어짐과 떨어짐은

다시 아무런 관계도 없는 남남으로 돌아서는
가혹하고 비정한 현실이 될 수 있기 때문입니다.

한번 맺은 인연을 가볍게 다루지 마세요.
가볍게 다루면 다룰수록
소중함의 무게가 훼손되기 마련이니까요.

참되고 아름다운 인연은
서로가 서로를 위하고
서로가 서로를 배려하고
서로가 서로를 이해하고
서로가 서로를 존중하는 가운데
그 의미와 가치가 있는 법이니까요.

참된 사랑은
그 누가 누구를 소유하려 들지 않고
그 누가 누구에게
소유당하지 않을 때
비로소 소중한 의미와 가치를
찾을 수 있다.

꼭 가져야 하는 네 가지 마음

삶을 살아가면서 반드시 가져야 하는 네 가지 마음이 있다면 무엇이라고 생각하는지요?

답은 자신이 할 일에 대하여 마음을 굳게 다져 먹는 결심決心이 첫째이며, 자신이 시작하는 일에 대해 스스로 처음의 다짐을 잃지 않는 초심初心이 둘째이며, 자신이 하는 일에 대해 옳다고 굳게 믿는 신심信心이 셋째이며, 어떤 일에 스스로 마음이 끌려 주의를 기울이는 관심關心이 넷째입니다.

무슨 일이든 그 일을 이루고자 하는 의지가 앞장서야 합니다.
이때 필요한 마음이 결심입니다.

무슨 일이든 시작부터 끝까지 늘 한결같은 마음으로 상대해야 합니다.
이때 필요한 마음이 초심입니다.

무슨 일을 하든 그 일에 대한 믿음을 잃지 않아야 합니다.
이때 필요한 마음이 신심입니다.

무슨 일을 하든 그 일에 대한 경계와 주의를 게을리하지 않아야 합니다.

이때 필요한 마음이 관심입니다.

작심삼일作心三日을 한 번이라도 경험해 본 사람은 위의 네 가지 마음이 왜 필요한지 알 수 있을 것입니다.

**오늘이라도 결심, 초심, 신심, 관심 이 네 가지 마음을
일상을 대하는 좌우명으로 삼는다면 무슨 일을 하든
실수와 실패를 줄일 수 있지 않을까요?**

우리 인간은 늘 완전하지 못한 생각과 부족한 마음으로 선택한 삶을 살아가는 존재입니다.
그럴수록 자신 스스로 자신의 생각과 행위를 컨트롤할 수 있는 마음의 심지가 필요한 법입니다.

'마음이 흔들비쭉이다'는 속담을 아는지요?
이 말은 심지가 굳지 못하고 감정에 좌우되어 주견主見 없이 행동하는 사람을 빗댄 뜻입니다.
흔들비쭉이는 매사에 변덕스러워 걸핏하면 화를 내거나 심술을 부리는 사람을 이르는 말입니다.

이제는 무슨 일을 하든 지레 두려워하거나 겁을 먹지 않아도 될 것입니다.
왜냐고요?
결심과 초심 그리고 신심과 관심, 이 네 가지 마음만 가진다면 삶다운 삶, 일상다운 일상, 하루다운 하루를 살아갈 수 있을 테니까요.

풍경 소리는
과보를 제도하는
합장合掌이 다。

오늘은 산사의 풍경 소리를 들으며
기쁨이 충만한 마음의 여유로 자신을 뒤돌아보는
하루가 되었으면 합니다.

풍경 소리를 들어본 적 있나요?

추색秋色이 완연한 고즈넉한 산사山寺 추녀 아래 걸린
풍경 소리를 듣노라면
좋고 나쁨에 갈등하고
옳고 그름에 방황하는
분별 잃은 마음이 한없이 맑아집니다.

시끌벅적한 세파의 온갖 잡음은
어느새 저만치 돌아앉아
고요 속에 빠져드는 자신을 발견하게 됩니다.

깊은 계곡을 타고 흐르는 청아한 물소리와
가을 소슬바람에 미소 짓는 풍경 소리의 화음은
이 세상 그 어떤 소리보다 경이롭습니다.

그 경이로운 소리를 통해 시시비비 아등바등 생존 투쟁에 허덕이며
지치고 지친 육신은 더없는 평화와 평온으로 제자리를 찾고
세속적인 탐욕에 집착하는 이기적인 이해타산은
매미가 허물을 벗듯
어느 한순간 마음의 여유를 찾는 깨달음으로 다가섭니다.

32/오늘
지금 이 순간이
삶의 마지막 날이다.

오늘은 내일의 내가 존재하기 위해
오늘의 나를 먼저 인정하고 격려하는
하루가 되었으면 합니다.

혹여 지금 어디에도 존재의 의미와 가치를 상실한
부재된 삶을 살고 있지는 않는지요?

부재된 삶은 인생의 낭비나 다름없습니다.
부재된 삶은 목적이 없는 삶입니다.

목적이 없는 삶은
방향타를 잃어버린 난파선처럼
어디로 표류할지 모르는 위험천만한 삶입니다.

지금부터라도 삶의 목적을 확고히 하십시오.

삶의 목적은 과거도 아니고 미래도 아니고
오늘 지금 이 순간이어야 합니다.

지금 이 순간이 그대의 삶의 목적을 이룰 수 있는
바탕이 되어야 합니다.
내일을 기대하는 다음 순간은 아무 소용이 없습니다.
내일은 어떻게 변할지 아무도 장담할 수 없기 때문입니다.

우리는 오늘이 주는 지금 이 순간을 위해
삶의 바퀴를 굴려야 합니다.
지금 이 순간을 전부로 알고
자신의 모든 열과 성을 다해야 합니다.
열과 성이 따르지 않는 삶은 있으나 마나 한
군더더기 삶이기 때문입니다.

오늘이 주는 지금 이 순간을 소홀히 하지 마세요.
소홀히 하는 순간 삶의 목적은
미로를 헤매다 끝나고 마는 부질없는
삶과 다름없으니까요.

Three

세월은 흘러도 살아온
삶은 부끄럽지 않아야 한다

어느새 새색시 옷고름 깊디깊은 주름꽃 피고
까만 머릿결 희끗희끗 새치머리 물들어 가고
곱디고운 얼굴 여기저기 삶의 이랑 깊게 파여도
아랫목 구들장 따스한 온기
정겨운 체온으로 함께 나누며 삽시다.

사람 사는 세상에 떨어져 만난 우리 두 사람이잖소!

양어깨 짓누르는 온갖 시름과 고단함
세월의 강 따라 나풀거리는 돛에 드리우고
보란 듯이 너울너울 한바탕 춤사위로
머리맡 자리끼 함께 나누어 마시며 삽시다.

사람 사는 세상 세월의 강이라 하잖소!

박치근 詩
[세월의 강] 전문

효도는
모든 덕의 근본이며
모든 복의 근간이다.

오늘은 효는 세상의 그 어떤 진리보다
가치 있는 으뜸 진리라는 사실을
스스로 깨우치는 하루가 되었으면 합니다.

부모에 대한 자식의 효행은 이 세상의 그 어떤 진리보다
가치 있고 소중한 으뜸 진리 그 이상입니다.
무릇 효행을 소홀히 하는 자식은
패륜의 악행을 저지르는 예비 현행범이나 다를 바 없습니다.

'부모를 사랑하는 사람은 남에게 미움을 받지 아니하고
부모를 공경하는 사람은 남에게 업신여김을 받지 않는다.'

이 말은 부모에 대한 자식으로서의 효행이
대인관계에 영향을 미친다는 《소학小學》에 나오는 말입니다.

지금이라도 하루에 한 번 부모에 대한 효심을 생각하는
그런 자식이 되십시오.
다만 말로만 행하는 효는 삼가세요.
안 하느니만 못하니까요.

재물로 환심을 사려는 효 또한 삼가세요.
물질보다 마음이 소중하니까요.

부모 앞에서 형제 간에 서로 아옹다옹 다투지 마세요.
어느 자식 편도 들 수 없는 것이 부모의 깊은 사랑이니까요.

열 손가락 깨물어 안 아픈 손가락은 없는 법이니까요.

³⁴/자아 성찰은
오늘을 반성할 줄 아는
열린 마음이다。

오늘은 타성이 아닌 자성의 마음가짐으로
자신의 마음자리를 찾는
하루가 되었으면 합니다.

주어진 일상을 살면서 가장 슬픈 마음은
오랫동안 변화나 새로움을 꾀하지 않아 나태하게 굳어진 습성,
즉 타성惰性의 덫에 걸려 하루를 사는 것입니다.

타성은 마음은 있되 항상 닫혀 있는 마음과 다름없습니다.
열려 있는 마음엔 자아 성찰만이 존재하기 때문입니다.

타성의 전형적인 표본인 하루살이는
보이는 불빛을 향해 투신을 서슴지 않습니다.
그것은 어리석음의 극치입니다.

참된 내일을 보장하고 약속하는 건
길들여진 타성이 아니라
오늘을 진정으로 반성할 줄 아는 자아 성찰이기 때문입니다.

오늘은 타성으로 닫혀 있는 마음을 활짝 여십시오.
그리고 열린 마음으로 사물을 보고 개념에 접근하십시오.
그러면 내일을 자각할 수 있는 지혜를 얻을 것입니다.

지금 이 순간 항상 열려 있는 마음은
올바르지 못한 그릇된 생각조차도 존재하지 않는
비어 있는 마음입니다.

자아 성찰이 없는 하루는
자신의 존재 이유가 없는 것과 마찬가지입니다.

³⁵/ 망각은
기억의 소멸이 아니라
되돌아봄이다.

오늘은 깨어 있는 의식으로
나 자신을 돌이켜 보는
하루가 되었으면 한다.

망각은 서서히 죽어 가는 의식이다.

우리는 서서히 죽어 가는 의식보다
영원히 깨어 있는 의식을 필요로 하는 존재다.
깨어 있는 의식이 필요한 이유는
자기 자신을 생각의 틀 속에 가두어 놓고
자세히 관찰할 수 있기 때문이다.

하지만 우리는 불행하게도 생각만으로는
자신의 실체를 들여다 볼 수가 없다.
의식의 눈인 내성으로만 볼 수 있다.

여기서 내성이란 자신을 돌이켜 살펴본다는 의미다.
즉, 자기 관찰의 힘이 내성이다.

우리는 정작 눈은 있으나 거울을 통하지 않고서는
자신의 얼굴을 볼 수 없는 불완전한 존재다.
여기서 눈은 생각이며, 거울은 내성이다.
늘 깨어 있는 내성적 의식은 우리의 삶을 향기롭게 한다.

죽은 듯이 깊은 잠에 빠져 있는 망각의 의식은
발전과 비전이 없는 자신을 보게 만드는
하찮은 거울 그 이상 그 이하도 아니다.

오늘이 주는
지금 이 순간을
소홀히 하지 마세요.
소홀히 하는 순간 삶의 목적은
미로를 헤매다 끝나고 마는
부질없는 삶과 다름없으니까요.

선행善行과 악행惡行

삶을 살아가면서 착하고 어진 언행과 흉악하고 독한 언행을 구분할 줄 아는 눈과 마음을 가지고 있는지요?

착한 사람에게는 착한 언행만 보일 것이고, 악한 사람에게는 악한 언행만 보일 뿐입니다.
왜냐고요?
착한 사람과 악한 사람의 구분은 처음부터 타고나는 것이 아니라 자신이 어떻게 받아들이느냐에 따라 어떻게 길들어지느냐에 따라 좌우되니까요.

《명심보감明心寶鑑》에 이런 말이 있습니다.
– 착한 일을 보거든 목마를 때 물 본 듯 주저하지 말며, 악한 것을 듣거든 귀머거리 같이 하라. 그리고 착한 일은 모름지기 탐내야 하며, 악한 일은 즐기지 마라!
이 말은 착한 일을 보았을 때는 목마를 때 물을 보기라도 한 듯이 서둘러서 행하여야 하고, 악한 말은 귀를 막아서라도 듣지 말라는 뜻입니다.

자신에게 정중히 물어보십시오.

"이봐, 오늘 하루 동안 착한 마음이나 나쁜 마음을 한 번이라도 가지긴 한 거야?"

긍정이든 부정이든 대답이 망설여진다면 당신은 착한 마음으로 일상을 살아가는 사람입니다.

망설인다는 건 자신의 말과 행동을 한 번쯤 깊게 되짚어 보는 마음의 여유이니까요.

반면에 긍정이든 부정이든 대답을 즉각 했다면 당신은 나쁜 마음을 한 번이라도 가져본 사람입니다.

한 치의 망설임도 없는 즉각적인 반응은 자신의 말과 행동에 대한 책임 회피이니까요.

한평생을 행하여도 오히려 부족한 것이 선행이란 얼굴입니다.

단 하루, 단 한 시간을 행하여도 그 흔적은 남기 마련인 것이 악행이란 얼굴입니다.

우리 모두 착한 일은 권장하고, 악한 일은 징계하라는 사자성어, 권선징악勸善懲惡이 주는 교훈을 한 번쯤 깊게 되새기는 하루가 되었으면 좋겠습니다.

악은 잠시 선을 유린하고 희롱할 수 있을지는 몰라도
결코 선을 이길 수는 없습니다.
그것이 사람 사는 세상의 진리이며 이치이기 때문입니다.

부부지정은
순간의 마침표가 아닌
영원의 쉼표이다。

오늘은 부부로 맺어진 숙명을
재확인하는
의지의 하루가 되었으면 합니다.

일면식도 없는 남남끼리 만나
부부지정을 함께 하며 오랜 세월 누리고 사는 것도 축복입니다.

부부는 반쪽과 다른 반쪽이 하나 되어
서로 모자라는 부분을 채워주는
마음의 평생 도반道伴입니다.

남자라는 반쪽과 여자라는 반쪽이 만나
하나의 부부로 삶을 살아가는 동안은
반쪽이 다른 반쪽을 채워주지 못하는
오해와 반목 그리고 갈등의 주인공이 되어서는 안 됩니다.

왜냐고요?
오해는 믿음을 왜곡하기 쉬우며
반목은 대립의 이유가 되며
갈등은 불행의 원인이 되기 때문입니다.

서로에게 향한 이해와 믿음과 배려가
실종된 부부는
하루살이보다 못한 삶을 살아가는 미물에 지나지 않습니다.

부부는 다른 한쪽이 외롭거나 절름거리지 않도록
서로서로 의지하는 튼튼한 버팀목이 되어야 합니다.

외롭거나 절름거리지 않는 부부애가 가장 아름다울 때는
한쪽은 다정의 씨실이, 다른 한쪽은 다감의 날실이 되어
삶이란 피륙을 짤 때입니다.
자신만의 생각과 행동을 고집하는 이기심을
흔쾌히 내려놓을 줄 아는 부부야말로
부부로서 살아갈 자격을 갖춘 부부라 할 수 있습니다.

부부는 외롭지 않아야 합니다.
부부는 〈나〉를 버려야 합니다.
부부는 〈너와 나, 우리〉라는 평생 친구이며

평생 연인입니다.

비둘기는 예부터 부부 간의 금슬이 좋기로
정평이 난 새라고 불립니다.
비둘기는 한번 짝을 이루면 평생을 같이 하고
평상시에도 항상 붙어 다니며 멀리 떨어지는 법이 없습니다.
또 짝을 잃게 되더라도 새로운 짝을 찾지 않고
한 마리가 외롭게 생활합니다.

한낱 미물인 비둘기가 우리에게 주는 교훈은
괴로움도 즐거움도 함께 할 수 있는
동고동락同苦同樂의 정이 아닐까요?

하나가 다른 하나로 바로 설 수 있기에
사람 인人, 그 두 개의 버팀목
서로 의지하며
오늘도 절룩거리지 않는
우리 두 사람입니다.
한 평생을 함께 해야 하는
부부라는 이름의 동반자라
늘 다정다감 주고받는 씨줄 날줄 되어
오늘도 그리고 내일도
외 롭 지 않 습 니 다.

박치근 詩
[부부] 전문

³⁷/ 무심은
집착이 없는
무소유의 빈 마음이다。

오늘은 세속적인 욕망이나 가치 판단에
초연할 수 있는 깨달음의
하루가 되었으면 합니다.

하루에 한 번이라도
아무런 생각이나 감정이 없는 무심無心으로
자신의 마음을 들여다보세요.

자신의 마음은 자신만이 알 수 있습니다.

다른 사람이 자신의 마음을 잘 알고 있다고
섣불리 단정 짓지 마세요.
남이 알고 있는 자신의 마음은 사막의 신기루처럼
착시현상 그 이상 그 이하도 아닙니다.
자신의 마음은 자신만의 것입니다.

그 누구를 사랑하고
그 누구를 미워하는 것조차도
자신의 마음이 결정짓는 것처럼
남이 그 누구를 사랑하라고 해서 사랑하고
남이 미워하라고 해서 미워하는 것이 아니기 때문입니다.

무심으로 자신의 마음을 살펴보세요.
자주 살피다 보면 평소에는 느끼지 못했던
자신의 또 다른 면을 발견하게 될 테니까요.

지금 어디에 와 있는지
지금 무엇을 하고 있는지
앞으로 어디로 가야 할지
앞으로 무엇을 할 것인지를 알 수 있는 비결은
무심으로 자신의 마음을 들여다볼 때
비로소 깨닫게 되는 지혜입니다.

38/ 작은
이유 하나에도
삶은 아름답다.

오늘은 작은 이유 하나에도
삶의 아름다움을 느낄 줄 아는 사람은
진정한 삶을 살아가는 사람이라는
진리를 깨우치는 하루가 되었으면 합니다.

삶은 우리네 인간들이 살아 있는 시간 동안
인간답게 살아가는 과정이다.

삶에 애착을 가지는 것은 좋은 일이다.
그렇다고 초원에 말을 방목하듯
아무렇게나 풀어놓아서는 안 된다.

방임된 삶은 방향 감각을 잃어버리기 십상이다.
방향 감각을 잃어버린 삶은
비상구조차 없는 미로를 헤매게 된다.
삶은 주어지는 것이 아니라 선택하는 것이다.

선택한다는 의미는 선택의 여지가 전혀 없는 가운데
어쩔 수 없이 〈자기 것〉이 된다는 뜻이다.

정신적으로 빈곤한 사람은 삶의 아름다움을 모른다.
배고픈 사람에게
한 공기의 밥을 선뜻 대접할 줄 아는 사람은
거룩한 삶을 사는 사람이다.

선택한 삶에 감사할 줄 아는 마음을 가져라!
감사할 줄 아는 마음은 타인에 대한 배려다.
배려를 도외시하는 삶은 진정한 삶이 아니다.

우리가 작은 이유 하나에도 웃어야 하는 이유는
그 작은 이유가
우리의 삶을 건강하게 이끄는 이정표이기 때문이다.

39

기도는
자기 자신에 대한
약속, 용기, 믿음이다.

오늘은 지금 이 순간 살아있음에 감사하고
내일도 뜻한 바를 이루기 위해 노력하고 있는
자신을 위해 기도할 수 있는
하루가 되었으면 합니다.

기도는 자신의 내면을 투영하는 소중한 의식입니다.
지금부터라도 기도로 참된 〈나〉를 얘기하는
내면의 소리를 들을 수 있는 기회를 가지십시오.

내면의 소리에 귀 기울이다 보면
그대가 진정으로 바라는 무엇인가를 깨닫게 되며
그대가 고민하고 있는 문제에 대한 해답도 얻을 수 있을 테니까요.

하루 한 번이라도 진솔한 내면의 소리를 들을 수 있는
자신을 만나십시오.
그 어떠한 유혹과 분노와 이기심에 오염되지 않는

순수한 마음으로 자칫 흔들리기 쉬운 자신을 만나십시오.

하루 한 번의 기도로 자신을 만나는 사람은
진솔하고 따뜻한 삶을 살아가는 사람입니다.

40

미소는
순수한 마음의
향기로운 언어이다.

오늘은 해맑은 미소를 드리운 얼굴로
사랑하는 사람들에게
인사를 할 수 있는 용기 있는
하루가 되었으면 합니다.

소리 없이 빙긋이 웃는 환한 미소에는
거짓이 없습니다.
하루에 한 번이라도 거울 앞에 서서
자신에게 미소를 선물할 줄 아는 사람은
순수한 마음의 소유자인 동시에
긍정적 마인드의 소유자입니다.

스스로 자신을 부정하고 버림받은 영혼이라고
자책하는 사람은 미소를 드리울 줄 모릅니다.
미소를 잃어버린 얼굴로
하루를 시작한다는 것은

하루를 포기한 것이나 다를 바 없기 때문입니다.

미소는 그냥 표정이 아니라
자신의 내면을 읽는 향기로운 언어입니다.

지금 어디에 와 있는지
지금 무엇을 하고 있는지
앞으로 어디로 가야 할지
앞으로 무엇을 할 것인지를 알 수 있는 비결은
무심으로
자신의 마음을 들여다볼 때
비로소 깨닫게 되는 지혜입니다.

해서는 안 되는 세 가지 생각

우리 인간은 삶을 살아가는 동안 가급적이면 해서는 안 되는 생각 세 가지
가 있습니다.

첫 번째는 너무 힘들어 죽겠다는 생각입니다.
힘들지 않은 삶이 있다고 생각하시나요?
힘들다는 생각을 하면 할수록 더 힘들어지는 것이 우리네 삶입니다.
너무 힘들다는 부정적인 생각보다는 이 정도는 괜찮아, 하는 긍정적인 생각
을 하십시오.
그러면 평소에 남의 것으로 여겼던 안목眼目과 식견識見을 자신의 것으로 만
들 수 있을 테니까요.

두 번째는 놀고 싶다는 생각입니다.
이 세상에 놀고 싶지 않은 사람이 있다고 생각하시나요?
놀고 싶다는 생각을 하면 할수록 더 놀고 싶은 충동을 가지는 것이 우리 인
간의 속성입니다.
놀고 싶다는 생각보다 작은 일이라도 최선의 노력을 다하겠다는 생각을 하
십시오.

그러면 다른 사람보다 뒤떨어지지 않는 자신을 재발견할 수 있을 테니까요.

세 번째는 그만 포기하고 싶다는 생각입니다.
팍팍한 삶을 살아가면서 포기하고 싶지 않을 때가 있다고 생각하시나요?
포기하고 싶다는 생각을 하면 할수록 좌절의 순간은 더 빨리 다가오기 마련입니다.
그만 포기하고 싶다는 생각보다 마지막 순간까지 최선을 다해야겠다는 의지로 자신을 독려하고 격려하십시오.
그러면 자신도 모르는 사이에 말로 표현할 수 없는 성공과 성취의 축배를 들고 있는 자신을 확인할 수 있을 테니까요.

여간해서는 힘들어 하지 마세요!
가능하면 작은 노력이라도 하세요!
그리고 절대로 포기하지 마세요!

우리가 선택한 삶이 어느 방향으로 흘러갈 것이냐 하는 주사위는 그 어떤 고난과 시련 앞에서도 '할 수밖에 없다'와 '반드시 해야 한다'는 의지가 있느냐 없느냐에 따라 좌우되니까요.

^{41/}결혼은
비움과 채움의
사랑 공식이다.

오늘은 결혼은 서로의 권리를
절반으로 줄이는 것이라는 말을 되새기는
하루가 되었으면 합니다.

한 남자와 한 여자가 인연으로 만나
부부 관계를 맺는 결혼은
또 하나의 다른 삶을 만나는 출발점입니다.

부부의 개념은 거룩하고 고결한 성스런 관계인 동시에
나누려 해도 나눌 수 없는 불가분의 관계입니다.

부부는 일심동체인 동시에 이심전심이어야 합니다.
몸 따로 마음 따로는 부부의 근간을 위협하는 이기심이니까요.

부부는 비움과 채움의 관계입니다.

한쪽이 비우면 다른 한쪽이 채워가야 하니까요.

부부의 행복 지수는 지금 이 순간 열렬히 사랑하고
지금 이 순간 맘껏 행복해 하며
지금 이 순간 내일의 행복을 위해
서로 이해하고 서로 배려하고 서로 존중하는 데 있습니다.

^{42/}근심은
기형적인 사고_{思考}가
원인이다。

오늘은 별무소용인 근심에 갇혀
자신의 정체성에 의문을 갖는 우유부단한
하루가 되지 않았으면 합니다.

누구에게나 근심은 다 있기 마련입니다.
만약에 근심이 없는 세상이 있다면
그곳은 사람 사는 세상이 아닐 것입니다.
근심은 세상이 열린 태곳적부터 있어 왔으니까요.

근심은 문명이 낳은
기형적인 사고 그 이상 그 이하도 아닙니다.
기형적인 사고로 사물을 보는 한 근심이란 녀석은
우리 마음속에서 사라지지 않습니다.

아무 데도 쓸모가 없는 근심은

우리 몸의 소프트웨어, 즉 정신과 영혼을 갉아먹는
악성 바이러스와 다를 바 없다는 것을
우리는 명심해야 합니다.

근심은 지극히 상대적인 속성이나 다름없습니다.
남의 말이나 행동으로 인한 근심은
어느 정도 시간이 지나면 자연스럽게 빠져나가지만
자신의 말이나 행동에서 비롯된 근심은
오랫동안 기억 속에 남아 현실적인 판단을 흐리게 합니다.

현실적인 판단이 흐려지면
일상의 리듬이 제자리를 찾지 못하고
갈팡질팡 동분서주하기 마련입니다.

아무짝에도 도움이 안 되는 근심은 과감히 포맷하십시오!
이 말은 근심의 소지素地가 되는 생각 자체를
아예 하지 말라는 뜻이기도 합니다.

43/ 초대는
소중한 사람에 대한
관심이다.

오늘은 짝사랑 가슴앓이로 전전긍긍하는
마음의 문을 활짝 여는
용기 있는 하루가 되었으면 합니다.

그 누군가에게 초대를 받는다는 건 기분 좋은 일이며,
그 누구를 초대한다는 것 또한 보람 있는 일입니다.

초대는 그 누구에게 향한 관심의 표현입니다.
그 관심의 배경에 사랑이란 의미가 더해질 때
그 누구에게 향한 벅찬 설렘은
더없는 기쁨과 행복으로 다가옵니다.

지금 당장 소중한 누구에게
전화나 문자로 초대장을 보내세요.
바로 그 순간 사랑의 신은 자신의 편이 되어 줄 테니까요.

바로 지금 이 순간 망설이지 말고
소중한 그 누구를 정중히 초대해 보세요.
혹여 긴 시간 동안 가슴앓이를 하고 있는
그 누구를 열렬히 사랑할 수 있는
자격을 얻을지도 모르니까요.

44/무소유는
탐욕의 그릇을 비우는
평정심이다.

오늘은 풍족하진 않아도
가지고 있는 것만으로도 만족할 수 있는
충일의 하루가 되었으면 합니다.

영양가 없는 음식을 아무리 먹어본들 아무 소용이 없듯
인간의 욕망 역시 무분별하게 받아들이면
정신은 건조해지고, 몸은 생체 리듬을 잃기 마련입니다.

'과유불급過猶不及'
정도를 지나침은 미치지 못함과 같다는 뜻입니다.

우리는 그 의미를 잘 알고 있으면서도
그저 입으로만 앵무새 흉내를 낼 뿐
진즉에 행동으로는 실천하지 못하는
어리석은 존재이기도 합니다.

그 이유는 인간의 본능 속에 탐욕이란 그릇이 있기 때문입니다.

탐욕은 사사로운 이익이나 지나친 욕심에서 비롯됩니다.
남보다 조금 더 풍부하게 살고 싶은,
남에게 조금 더 특별나게 보이고 싶은
전시 효과적 욕망의 발로가 바로 탐욕의 실체입니다.

탐욕에 눈이 멀면 맨 먼저 마음이 흔들립니다.
마음이 흔들리면 평정심을 잃기 쉽습니다.
평정심을 잃은 정신은 생각이 없는 무뇌無腦가 됩니다.

우리는 일상의 번뇌와 갈등은
탐욕에서 비롯된다는 것을 명심해야 합니다.

치우침이 없는 균형 잡힌 욕망은
그 어떤 보약보다 효과가 크기 때문이며
정제된 욕망은 삶을 윤택하게 만드는
자양분이 되기 때문입니다.

⁴⁵/기쁨은
신이 인간에게 주는
행복의 선물이다.

오늘은 기쁨 충만한 얼굴로
그 누구를 사랑할 수 있는
행복한 하루가 되었으면 합니다.

어제와 오늘 그리고 내일이란 이름의
일상의 수레바퀴를 굴리며 누리는 기쁨은
꾸밈이나 거짓이 없고 수수해야 합니다.

그다지 궁색하지도 않은 검소함 속에서
그다지 화려하지도 않은 평범함 속에서

서로가 서로를 이해하고
서로가 서로를 용서하고
서로가 서로에게 의지하고
서로가 서로에게 베풀고

서로가 서로를 사랑할 때
기쁨은 우리에게 무한의 행복을 가져다주는 메신저이니까요.

너와 나, 우리가 함께 하는 기쁨은
욕망에 집착하려 드는 탐욕을 버릴 때
일상 속에서 오염된 상념을 떨쳐낼 때
서로가 서로를 시기하는 어리석음을 버릴 때
비로소 그 의미와 가치를 찾을 수 있습니다.

나는 너를 위하는
너는 나를 위하는
작은 베풂으로 환하게 웃을 수 있을 때
오늘의 순간을 살아가는 우리는
기쁨이 충만한 행복한 내일을 얘기할 수 있으니까요.

현실적인 판단이 흐려지면
일상의 리듬이 제자리를 찾지 못하고
갈팡질팡 동분서주하기 마련이다.

칭찬 바이러스

사람과 사람 사이를 도탑게 해주는 소중한 선물이 있다면 무엇이라고 생각하는지요?
답은 칭찬입니다.

왜냐고요?
이 세상에 주면 줄수록 기분이 좋아지고 받으면 받을수록 기분이 좋아지는 선물은 칭찬 하나 밖에 없으니까요.

당신의 칭찬 점수는 얼마나 된다고 생각하나요?
10점 만점에 11점이라면 당신은 칭찬받을 자격이 있는 인격의 소유자입니다.
10점 만점에 -11점이라면 당신은 적만 만들어 가는 속이 좁은 인격의 소유자입니다.

칭찬은 서로 주고받을 수는 있지만 돈이 필요 없습니다.
서로 무상으로 주고받을 수 있는 진실한 마음 하나면 충분하니까요.

혹여 그 누군가를 칭찬해야 하는데도 불구하고 말 한 마디 못하고 외면한

적은 없는지요?

칭찬에 인색한 사람은 칭찬을 할 줄 몰라서가 아니라 칭찬하는 마음가짐이 부족한 사람입니다.

지금부터라도 칭찬을 베풀 줄 아는 넉넉한 마음을 가져보세요.

자신을 바라보는 남의 시선이 확연하게 달라져 보일 테니까요.

사람은 누구나 자신의 장점을 높이 평가해 주는 칭찬을 듣고 싶어 하는 감정의 동물입니다.

칭찬은 어떤 경우에도 아끼지 않아야 합니다. 아끼면 아낄수록 아쉬움만 남으니까요.

칭찬은 한순간도 미루지 마세요. 미루면 미룰수록 할 수 있는 기회는 그만큼 멀어지기 마련이니까요.

오늘부터라도 칭찬 바이러스가 되어 보세요.

칭찬 바이러스가 걷잡을 수 없이 퍼지는 세상은 반목과 시기 그리고 오해와 갈등이 없는 세상이나 다름이 없으니까요.

'칭찬은 고래도 춤추게 한다'는 말도 있듯 진심에서 우러나는 칭찬은 〈나〉는 물론이고 〈너〉와 〈우리〉 모두를 신바람나게 해주는 신의 특별한 배려입니다.

오늘 출근길에 자신에게 이렇게 칭찬 한번 해 주세요.

"그래, 넌 오늘도 잘할 수 있어!"

"그래, 그게 너다운 거야!"

평소에 느껴보지 못한 자신감이 발걸음을 가볍게 하고 양어깨를 으쓱하게 만들 테니까요.

⁴⁶/세월은 흘러도
살아온 삶은
부끄럽지 않아야 한다。

오늘은 세월의 흐름에
가타부타 시시비비하지 않는
담담한 하루가 되었으면 한다.

우리는 덧없이 흐르는 세월 앞에
무상을 느낀다는 표현을 자주 쓴다.

무상과 허무는 별개의 개념이다.
무상은 인생을 살면서 추구하는 부, 명예, 권력의 덧없음과
그에 대한 집착의 어리석음을 얘기하고 싶을 때에 표현하지만
허무는 절대적인 진리나 존재를 부정하는
철학적인 의미로 주로 사용된다.

무상은 인간의 욕심과 집착에서 오는 덧없음이고
허무는 진리와 존재를 부정하는 텅 빈 자각이다.

덧없음은 끊임없이 반복되는 세월 속에서 느끼는 감정이다.
유유히 흐르는 세월을 두고 괜한 트집을 잡고,
왈가왈부 가타부타한다는 것은 어리석음의 극치다.

나무의 나이테처럼 흐르는 세월 속에
아무 사심私心없이 육신을 내던지는 것은
우리네 인간들의 권리인 동시에 의무인지도 모른다.

덧없이 흐르는 세월에 취하라!
흐르는 것은 그냥 흐르게 하라!
거기에 맞추어 사는 것도 멋이라면 멋이다.

47/본성은
자연 그대로일 때가
가장 아름답다.

오늘은 주어진 본성을
자신 스스로 왜곡하거나 폄하하지 않는
정중동의 하루가 되었으면 한다.

야생화는 사계절의 순환에
순응할 줄 아는 지혜를 가지고 있다.
그리고 묵묵히 인내할 줄 아는 미덕 또한 남다르다.

비와 눈, 더위와 추위 그리고 바람을
온몸으로 받아내며
꿋꿋이 살아남는 질긴 생명력의 소유자다.

본성은 자연 그대로일 때가 가치가 있는 법이다.
바꾸고 싶다고 해서 냉큼 다른 얼굴로 탈바꿈하는
단순한 성질의 것이 아니기 때문이다.

본성은 바꾸지 못한다.
바꾸지 못할 바에야 차라리 충실을 기하라!
위선과 가식의 가면을 쓴다 해도 본질은 변하지 않는다.

변하지 않는 본질은 진실에 가깝다.
진실을 모범 답안으로 아는 본성은 쉽게 휘둘리지 않는다.

본성은 때로는 행과 불행의 척도가 되기도 한다.
잘못 사용하면 독이 되고, 잘 사용하면 약이 된다.
독은 남을 해롭게 하지만
약은 자신을 이롭게 한다.
그렇듯 본성은 두 개의 얼굴을 가지고 있다.

우리는 어떤 일에 맞닥뜨릴 때
자의든 타의든 본성의 눈치를 보며 살아가야 하는 약한 존재다.

한 떨기 야생화처럼 늘 살아있는 본성에 충실하라!

48/ 이상적인 삶은
후회 없이
살아가는 것이다。

오늘은 지금 이 순간의 삶에 감사하고
만족할 줄 아는
검소한 하루가 되었으면 합니다.

진정한 삶의 가치는 무엇인가?
어떻게 살아가야 삶다운 삶을 살고 있다고
자신 있게 말할 수 있을까?

그리 간단치 않은 화두임에는 틀림이 없다.

오늘도 너와 나, 우리 모두는
즐겁고 복된 삶을 살기 위해
서로 아등바등하며 죽을 둥 살 둥 몸부림을 친다.

몸부림은 삶을 향한 극한 도전이다.

삶은 도전하는 자의 몫이다.
도전 없는 삶은 소설 속에서나 가능한 픽션이다.

우리 자신 스스로 모나지 않은 도전정신으로
자아를 구현하는 진실을 알아가는 즐거움이 바로 삶이다.

지금 자신이 하고 있는 일에 만족할 줄 알고
하고 싶은 일에 도전할 줄 아는 사람만이
진정한 삶을 살아갈 수 있는 사람이다.

우리가 지향하고자 하는 이상적인 삶이란
후회 없는 도전을 통해 후회 없이 살아가는 것이다.
그렇다.
무릇 삶이란 그냥 만들어져 있는 것이 아니라
자신 스스로 만들어 가는 것이기 때문이다.

어머니는 자식의
절대적 가치관이다

가슴이 미어지도록
눈이 아리도록
목이 잠기도록
입술이 부르트도록
어머니 당신을 불러봅니다.

하늘 아래 어매 사랑
땅 위 어매 사랑
비할 데 없어
흐르는 눈물 떨구지 않으려
고개 들어 하늘을 쳐다봅니다.

당신 생각에 사무치다 못해
그리 보고파서
이리 그리워서
참다 참다 이렇게
사모곡 한 자락에 영혼을 담아
당신을 그려봅니다.

어매라 부름이 너무 한스러워
안개비 촉촉이 내리는 날
당신 앞에 서서
못다 한 효를 찾으려 합니다.

박치근 詩
[어매] 전문

⁴⁹/사랑은
서로의 진실을 읽는
종이학이다。

오늘은 "그대를 진정으로 사랑합니다!"
라는 한마디와 함께
짧은 입맞춤을 행사하는
멋진 하루가 되었으면 합니다.

사랑은 두 사람이 함께 연출하는 무언극입니다.

서로 말없는 가운데 애잔한 그리움이 생성되기 때문입니다.

사랑은 두 사람이 마주서서 느끼는 뜨거운 열정입니다.

열정이 없는 사랑은 아무 맛도 느낄 수 없는 맹물이기 때문입니다.

사랑은 두 사람이 주고받는 종이학입니다.

종이학은 은근과 끈기 없이는 접을 수 없기 때문입니다.

사랑은 두 사람이 한 점 후회 없는 얼굴로 바라보는 거울입니다.

거울을 대하듯 마주 바라보며 서로의 진실을 읽을 때가

가장 소중한 순간이기 때문입니다.

사랑은 어제와 오늘 그리고 내일이란 시공간을 오가며
서로 주고받는 포용의 메시지입니다.

포용이 부재인 사랑은
자칫 이기적인 사랑으로 흐르기 때문입니다.

그리움은
사랑의 또 다른
사랑이다.

오늘은 그 누군가의 추억이 깃든
회상의 길을 걸으며
그리움을 그리워할 줄 아는
하루가 되었으면 합니다.

늘 그리움을 벗하는 사랑을 하십시오.
사랑은 그리움을 먹고 사는 또 다른 생명이기 때문입니다.

그리움에 인색한 사랑은 무미건조한 사랑입니다.
그리움이 실종된 사랑은 허울뿐인 사랑입니다.
그리움에 무관심한 사랑은 겉치레 사랑입니다.

그리움을 전제로 사랑을 하십시오.
다만, 덜도 말고 더도 말고 분수껏 그리워하십시오.
지나친 그리움은 자칫 식상하기 쉬우며 별리의 원인이 되니까요.

오늘의 그리움은 내일로 미루지 마십시오.
미룰수록 사랑은 제 빛을 잃어가니까요.
멀리 떨어져 있다 해도 그리움의 끈을 놓지 마십시오.
놓은 순간 딴마음이 생기기 쉬우니까요.

지금 누군가를 그리워하고 있나요?

그리움은 병이 아닙니다.
병이 아니니 많이 그리워하세요.
그리워하면서 지나간 추억 하나쯤 되새겨 보세요.
되새기다 보면 미운 정도 고운 정으로 다가서니까요.

'바람이 불었다. 나는 비틀거렸고 함께 걸어주는 이가 그리웠다.'

이정하 시인의 시詩 [바람 속을 걷는 법] 중의 한 구절입니다.

그리움은 추억입니다.
추억은 그 무엇을 소중히 간직해야 하는 마음입니다.
소홀히 생각하는 추억은 그냥 시간이 흐르면 잊어버리는
기억의 편린 같은 것입니다.

그리움은 사랑의 또 다른 사랑입니다.

덧없이 흐르는
세월에 취하라!
흐르는 것은
그냥 흐르게 하라!
거기에 맞추어
사는 것도
멋이라면 멋이다.

가져야 할 것과 버려야 할 것

오늘 하루를 시작하면서 가져야 할 것과 버려야 할 것을 생각해보신 적이 있나요?
있다면 당신은 하루라는 일상을 슬기롭게 맞이하고 지혜롭게 마무리할 수 있는 고상한 인격의 소유자입니다.

그럼 버려야 할 것은 무엇이 있을까요?
첫째는 욕심입니다.
욕심은 사리판단이나 분별을 무디게 하는 원인이 되니까요.

두 번째는 이기심입니다.
이기심은 소통과 협조를 저해沮害하는 요인이 되니까요.

세 번째는 편견입니다.
편견은 오해와 불신을 조장하는 불씨가 되니까요.

그럼 가져야 할 것은 무엇이 있을까요?
첫째는 환한 미소입니다.

미소는 상대방의 마음을 흐뭇하게 하니까요.

두 번째는 진심이 담긴 칭찬입니다.
칭찬은 상대방의 감정을 기분 좋게 하니까요.

세 번째는 배려입니다.
배려는 상대방의 가슴을 따사하게 해주니까요.

버릴 것은 흔쾌히 버려야 합니다.
그 무엇을 선뜻 버린다는 건 쉽지 않은 일일 수도 있습니다.
하지만 제때 버리지 못하면 근심걱정거리로 변해 평생 동안 자신을 구속할
수 있습니다.
버려야 할 것은 아무 생각 없이 그냥 버리십시오.
버림이 곧 다른 무엇의 찾음이 될 수 있으니까요.

가진 것은 소중하게 간직해야 합니다.
그 무엇을 소중하게 간직하는 건 어려울 수도 있습니다.

하지만 제때 소중하게 간직하지 못하면 알게 모르게 달아나거나 잃어버릴
수 있습니다.
반드시 가지고 있어야 할 것은 함부로 다루지 마세요.
자칫 다시는 쓸 수 없는 무용지물이 될 수도 있으니까요.

오늘은 꼭 가져야 할 것들과 반드시 버려야 할 것들을 한 번쯤 되새겨 볼 줄
아는 마음의 여유를 잃지 않는 하루가 되면 좋겠습니다.

⁵¹/참된 우정은
설명이 필요 없는
진실이다。

오늘은 종자기(鍾子期) 같은 친구가 있다면
퇴근길 포장마차에서 만나
따끈한 어묵탕 안주 삼아
무색투명한 소주 한 잔 기울일 수 있는
마음의 여유를 가지는 하루가 되었으면 합니다.

매우 친밀한 우정이나 교제를 일컫는

단금지교斷金之交는

중국 춘추시대 초나라 때

거문고의 명인 백아佰牙가 자신의 거문고 소리를 듣고

그 음音을 이해한 종자기鍾子期를 유일한 친구로 삼았는데,

종자기가 죽자 거문고의 줄을 끊고

평생 거문고에 손을 대지 않았다는 데서 유래한 말입니다.

사랑의 동반은
한곳을 향해 가는
어깨동무이다.

오늘은 사랑의 동반을 기리는 돌발 이벤트로
그 누구를 환하게 미소 짓게 만드는
멋진 주인공이 되는 하루가 되었으면 합니다.

너와 내가 함께 하는
사랑의 동반은 아름다워야 합니다.
그 아름다움을 통해
서로의 진솔한 감정과 느낌을 이야기할 수 있으니까요.

사랑의 동반은 외롭지 않아야 합니다.
외로움은 서로를 오해하는 빌미가 될 수 있으니까요.

사랑의 동반은 서로 그리워해야 합니다.
진정한 그리움은 떨어져 있어도 그리워하는 법이니까요.

사랑의 동반은 한곳을 향해 가는 어깨동무입니다.
서로의 어깨에 의지하는 사랑이 참 사랑이니까요.

⁵³/모든
번뇌와 망상은
자신 안에 있다.

오늘은 삼라만상은 모두 자기 마음에
반영된 현상이므로
마음 밖에 따로 삼계가 없다는
삼계일심(三界一心)의 의미를 깨우치는
불자의 하루가 되었으면 한다.

수레바퀴가 끊임없이 구르는 것과 같이,

중생은 많은 번뇌와 업보에 의하여

삼계육도三界六道의 생사 세계를 그치지 않고

돌고 돈다는 윤회사상이 불교의 화두가 아닐까 싶다.

여기서 삼계는 욕계欲界, 색계色界, 무색계無色界이며

육도는 악인이 죽어서 가는 세 가지 괴로운 세계인

지옥도, 축생도, 아귀도의 삼악도三惡道와

선인이 죽어서 가는 세 가지의 세계,

천도, 인도, 아수라도의 삼선도三善道를 통틀어 이르는 말이다.

중생으로 살아가는 한 윤회는 거스를 수 없을지도 모른다.

차 있는 것은 비어 있는 것이고 비어 있는 것은 차 있는 것이며

헤어진 자는 반드시 돌아오며 가버린 자는 다시 돌아온다는

색즉시공色卽是空 공즉시색空卽是色,

회자정리會者定離 거자필반去者必返이 말하듯.

54

딜레마는
〈자기존재〉를 의심할 때 오는
심리적 메커니즘이다.

오늘은 〈자기존재〉는 자신의 생각 속에 있으며
생각이 없는 사람은
자신의 존재조차 믿으려 들지 않는다는
교훈을 되새기는 하루가 되었으면 한다.

일상을 살아가면서 단 한 번이라도
자신의 존재에 의심을 가져본 적이 있는가?

이 물음에 명쾌한 답을 내릴 수 있는 사람은
과연 몇이나 될까?
그렇듯 〈존재의 의미〉는 단순한 것 같으면서도 복잡하고
복잡한 것 같으면서도 단순하다.

그 이중성으로 인해 우리는 가끔 자신 스스로 혼란에 빠진다.
이때의 심리적 혼란이 딜레마다.

딜레마는 자신의 존재를 의심하는 메커니즘이다.
정신분석학에서 메커니즘은 무의식적 방어수단을 뜻한다.

우리는 자신의 존재는 상대적이란 사실을 간과하고 있다.
그 이유는 남들도 자기 나름의 〈자기존재〉를 가지고 있다는
사실을 모르고 있기 때문이다.

〈자기존재〉에는 남의 존재를 쉽게 인정하지 않으려는
이기적인 이해타산이 깔려있다.
이기적인 이해타산은 〈자기존재〉를
불완전하고 부분적으로 생각하는 의심에서 비롯된다.

자신의 존재를 의심하지 말라!
의심은 모든 것을 파괴하려는 과격한 속성을 가지고 있다.
자신을 믿지 못하면
남의 생각 속에 들어있는 이해조차 오해로 보이기 마련이다.

55

황혼은
비관의 끝이 아닌
낙관의 시작이다。

오늘은 황혼의 삶은 아름다운 마무리를 위한
마지막 여정의 시작임을 천명하는
하루가 되었으면 합니다.

삶의 황혼기는 자신과의 마지막 경주입니다.
삶의 황혼기에선 양어깨를 짓누르는 삶의 무게가
감당하지 못할 정도로 무겁고 버겁기 마련입니다.

어떤 사람은 황혼의 문턱에 서면
삶의 무게를 감당하지 못해 괴로워하다가
끝내 벼랑 끝을 선택하는 어리석음에
자신을 투신하기도 합니다.

그러지 마세요.
함부로 삶을 포기하지 마세요.

섣불리 삶을 재단하지 마세요.
차마 선뜻 내려놓지 못해 짊어지고 있는
삶이라 해도 아무런 생각 없이 그냥 내려놓지 마세요.

비관으로 와 닿는 삶의 감옥에서 벗어나기 위해
내일을 포기하지 않는 마음공부로 황혼을 즐기십시오.

지금부터라도 황혼의 속박으로부터 자유로울 수 있는
마음공부를 시작하세요.
그래야 황혼의 무게가 가벼워지고
아직 남아 있는 삶이 아름다워집니다.

저무는 황혼을 두려워하지 마세요.
두려워하면 할수록 더 두려운 법이니까요.

삶의 황혼기는 비관의 시기가 아니라
낙관의 시기라고 명명하고 나름의 삶을 즐기세요.
즐기는 가운데 삶의 무게를 자연스레 내려놓게 되는
지혜를 깨닫게 될 테니까요.

자신의 존재를 의심하지 말라!
의심은 모든 것을 파괴하려는
과격한 속성을 가지고 있다.
자신을 믿지 못하면
남의 생각 속에 들어있는 이해조차
오해로 보이기 마련이다.

+ Page

행복과 행운

행복과 행운의 다른 점이 무엇이라 생각하는지요?

답은 행복은 자신 스스로 찾아야 하는 것이라면, 행운은 우연찮게 자신 앞에 알게 모르게 나타나는 것이라는 점입니다.

왜냐고요?

행복은 자신이 가지고 싶다고 해서 아무나 손에 쥘 수 있는 것이 아니며, 행운은 자신이 가지고 싶지 않아도 저절로 손에 주어지는 것이기 때문입니다.

우리는 누구나 늘 행복하기를 바라고 늘 행운이 따르는 삶을 좇는 감정의 동물입니다.

이 세상에 행복과 행운을 스스로 밀어내거나 뿌리치고 싶은 사람은 없으니까요.

하지만 행운은 기대하는 마음만 가지면 되지만 행복은 일과 땀 그리고 노력, 이 세 가지가 없이는 그 어느 누구에게도 선뜻 다가오지 않습니다.

행복은 아무나 가질 수 있는 소유물이 아니니까요.

불가佛家에서는 진정한 행복은 물질에 있는 것이 아니라 마음에 있다고 했습니다.

물질에 갇혀 사는 행복은 근심걱정을 달고 사는 행복입니다.

언제 빼앗기고 언제 닳아 없어질지 모르니까요.

마음에 새겨져 있는 행복은 유통기한이 없는 행복입니다.
부패하거나 다칠 염려가 없으니까요.

너무 큰 행복에 연연하지 마세요.
작은 행복이라 해도 감사하며 살아갈 수 있으니까요.
너무 많은 행복에 구걸하지 마세요.
적은 행복이라 해도 기뻐하며 살아갈 수 있으니까요.
너무 높은 행복에 굴하지 마세요.
낮은 행복이라 해도 용기 있게 살아갈 수 있으니까요.
행복은 크고 작고, 많고 적고, 높고 낮음에 있지 않습니다.
그냥 마음에 있는 그대로만 행복하면 되니까요.

지금 당장 행복하다는 최면을 걸어보세요.
불행의 그림자는 얼씬도 하지 않을 테니까요.
지금 당장 행복은 내 안에 있다고 주문을 걸어보세요.
마음속에 행복의 이미지가 그려질 테니까요.
오늘 지금 당장 나는 행복하다고 자신하세요.
어느 순간 현실로 나타날 것이니까요.

로또 복권 한 장으로 〈희망의 일주일〉을 기분 좋게 사는 것도
작은 행복이 아닐까요?

56

화와 재앙은
한순간의 그릇된 생각과
감정에서 온다.

오늘은 한 마디 말과 한 줄의 글이
때로는 돌이킬 수 없는 화와 걷잡을 수 없는 재앙을
불러올 수도 있다는 사실을 상기하는
하루가 되었으면 합니다.

자신의 생각과 감정을 스스로 통제하거나
제어하지 못하는 행위는 무책임한 행위라 할 수 있습니다.

그렇습니다.
한 마디 말도 신중을 기해야 하지만
한 줄의 글도 가려서 써야 합니다.

한 마디 말이나 한 줄의 글을
스스로 절제하지 못하는 사람은
자신 스스로 오해와 반목의 빌미를 만드는
어처구니없는 상황에 처하게 될 때도 있습니다.

'누워서 침 뱉기'란 말도 있듯
무심코 내뱉은 한 마디 말과
아무 생각 없이 쓴 한 줄의 글로 인하여
곤란을 당할 수 있기 때문입니다.

고백도 마찬가지입니다.
말로 고백을 하든 글로 고백을 하든
받아들이는 입장에서는
그 아무리 진실이 담겨 있다 해도
오해의 여지가 생길 수 있기 마련입니다.

매사 그릇된 생각과 감정으로 사람을 대하면
자신조차도 선뜻 이해할 수 없는
낯선 오해의 덫에 걸린다는 사실을
간과하지 않는 일상이 되도록 노력하십시오.

57

추억은
빈 잔에 채워진
한 줌의 그리움이다.

오늘은 첫사랑 그 누구를
몰래 그리워하는
추억의 하루가 되었으면 한다.

가을은 마음속에 일렁이는 공공연한 느낌이나
막연한 생각에 빠져들고
하찮은 일에도 쓸쓸하고 슬퍼져서
자신도 모르게 감상에 젖게 되는 상심의 계절이다.

가을은 색 바랜 추억을 되새김질하고,
그리움을 부르고 기다림을 노래하는 사색의 계절이다.
가을은 누군가를 슬프게 떠나보내고 기쁘게 맞이하는
이별과 만남의 계절이다.

추억은 빈 잔에 채워진 한 줌 공기처럼

눈으로 볼 수 없고, 손으로 만질 수 없고,
마음으로 교감할 수 없는 회상의 그림자이다.

가을은 첫사랑을 그리워하는 추억의 계절이다.
가을 추억은 홀로서기에 지친 나의 자화상이다.

⁵⁸/ 무욕은
탐심을 내려놓을 때 오는
깨달음이다。

오늘은 적당한 탐심은 인간을 자유롭게 하지만
분수를 넘어선 탐심은
자신을 노예로 만든다는 교훈을
되새기는 하루가 되었으면 합니다.

남보다 좀 더 많이 소유하고 싶은 마음이 탐심입니다.
그대는 얼마만큼의 탐심을 가지고 있나요?

탐심을 가지되 아무 생각 없이 따라가지는 마세요.
따라가면 갈수록 점점 더 눈덩이처럼 커지는 게
탐심이란 녀석의 속성이니까요.

그 속성은 항상 우리 곁에서 유혹의 추파를 던집니다.
그 유혹에 우리는 쉽게 소유에 대한 집착을 드러냅니다.
집착은 우리를 눈멀게 하고 부자유스럽게 만드는 원인이 됩니다.

소유하고 싶은 만큼만 소유하세요.
더 많은 탐심에 집착하다 보면 자신도 모르게
물질의 노예가 되기 마련입니다.

남보다 더 많은 부와 물질
크고 높은 명예와 권력을 좇으면 좇을수록
집착의 덫에 더욱 깊이 빠져들기 쉽습니다.

탐심에 집착하면 할수록 그대의 삶은 지치고 피곤해집니다.
평생 탐심의 노예가 되어 허덕이고 고통받게 됩니다.
그대가 삶을 이끌고 가는 것이 아니라
탐심이 그대의 삶을 끌고 다니는 우를 범하게 되니까요.

지금이라도 그 무엇을
지나치게 탐내거나 누리고자 하는
마음이 없는 무욕으로 그대의 삶을 살펴보세요.
그러면 삶의 무게가 한층 가벼워지고
삶의 질이 한결 나아집니다.

⁵⁹/구애는 서로
모순되는 이율배반의
연속이다。

오늘은 사사로운 욕심만을 위한 구애는
사랑을 흥정의 대상으로 아는
장사치의 속된 근성임을 자각하는
하루가 되었으면 한다.

남녀 간의 사랑은 만남과 헤어짐을 통해 성숙한다.

때로는 오늘이 만남이 내일의 헤어짐으로,
때로는 내일의 헤어짐이 오늘의 만남으로 순환되는 가운데
사랑의 의미는 추억이 되기도 한다.

오늘의 만남은 영원을 위해 기도하지만
오늘의 헤어짐은 또 다른 만남을 위해 기도한다.

그렇듯 사랑은 만남과 헤어짐이
서로 모순되어 양립할 수 없는 이율배반이다.

그 이유는 정신과 물질 사이에서 방황하기 때문이다.

사랑은 환상을 좇는 회전목마인지도 모른다.
그 이유는 소유와 독점 사이에서 갈등하기 때문이다.

남녀 간의 진정한 사랑은 무조건적인 이해와 양보
그리고 배려가 우선되어야 한다.

이해와 양보 그리고 배려가 없는 사랑은 겉치레 사랑이다.

60/마음의 거울은
자신의 또 다른
내면이다。

오늘은 마음의 거울로
소홀하기 쉬운 자신의 내면을 들여다보는
하루가 되었으면 한다.

있는 그대로를 꾸밈없이 보여주는 거울은 거짓을 모른다.
꾸밈이 없다는 것은
있는 진실을 그대로 낱낱이 보여준다는 뜻이다.

과연 우리는 일상을 살면서
거울처럼 〈있는 그대로〉를 보여 주고
실천하고 있다고 자부할 수 있을까?
우리는 거울에 관한 속담에서
교훈적 의미를 되새길 필요가 있다.

'제 낯 그른 줄 모르고 거울만 탓한다.'

이 속담은 자기가 잘못한 것에 대한 화풀이를
엉뚱한 데 하면서 아까운 물건만 버리는
어리석은 행동만 일삼는다는 뜻이다.

우리 인간은 자신을 의심하고 남을 불신하며
살아갈 수밖에 없는 불완전한 존재다.
그렇다고 항상 타성에 오염된 사고로 자신을 의심하고
남을 아무 이유 없이 불신하면서 살아갈 수는 없다.
어쩔 수 없이 생각하며 살아갈 수밖에 없는 인간이라면
의심과 불신을 떨쳐 버릴 줄 아는 지혜가 필요하다.

지금이라도 자신과의 정신적 거래인 자기 암시를 통해
마음의 거울을 바라보라!

〈마음의 거울〉에 투영된 있는 그대로의 자신을 보며
경이로운 깨달음을 얻는 사람은
모든 의심과 불신에서 벗어날 수 있는 기회를 얻을 것이다.

매일매일 〈마음의 거울〉을 바라본다는 것은
자기애自己愛 그 이상 그 이하도 아니다.

소유하고 싶은 만큼만 소유하세요.
더 많은 탐심에 집착하다 보면 자신도 모르게
물질의 노예가 되기 마련입니다.

생각의 〈나〉와 행동의 〈나〉

〈나我〉는 두 개의 개념으로 나누어져 있는 존재입니다.
생각을 먼저 중요시하는 〈생각의 나〉와 행동을 먼저 중요시하는 〈행동의 나〉로 구분할 수 있으니까요.
당신은 둘 중에 어느 쪽에 가까운 성격인가요?
판단은 자신의 몫이자 소관입니다.
왜냐고요? 우리 개개인은 자신 고유의 견해나 관점으로 생각하고 행동하는 나름의 생활 방식을 우선시하기 때문입니다.
우리는 위의 두 가지 개념 중 어느 것을 선택해도 각각 일면一面의 장점과 다른 일면의 단점을 동시에 가지고 있다는 사실을 간과하지 않아야 합니다.

〈생각의 나〉의 장점은 하나의 일을 시작하기 전에 그 일의 필연성을 두고 심사숙고를 소홀히 하지 않는다는 점이며, 단점은 그 필연성을 인정하면서도 선뜻 행동으로 옮기지 못하는 우유부단으로 흐르기 쉽다는 점입니다.
〈행동의 나〉의 장점은 하나의 일이 정당하고 옳다고 판단되면 그 어떤 망설임이나 주저함이 없는 결단성으로 즉각 추진한다는 점이며 단점은 그 결단성을 인정하면서도 한순간의 감정이나 기분에 치우치는 자기만족에 휩쓸리기 쉽다는 점입니다.

여기서 우리는 단점은 장점이 될 수 있도록 자신을 새롭게 할 필요가 있습니다.

그리고 장점은 단점이 되지 않도록 자신을 스스로 경계하는 정신 자세를 가져야 합니다.

하나의 생각과 행동에 유익한 좋은 습관은 더 좋은 쪽으로 스스로 장려하고, 해가 되는 나쁜 습관은 스스로 근절하는 것이 우리의 작은 소임이라 할 수 있으니까요.

우리는 〈생각의 나〉와 〈행동의 나〉, 어느 한쪽을 일방적으로 푸대접하거나 무시하지 않아야 합니다.

생각과 행동은 서로 대립하는 관계가 아니라 서로 보완하는 관계 그 이상 그 이하도 아닙니다.

생각을 무시한 행동은 빛 좋은 개살구에 지나지 않으며, 행동을 무시한 생각은 속 빈 강정일 뿐이니까요.

우리는 인생의 위대한 성공의 발자취를 남긴 사람의 공통점은 〈생각의 나〉와 〈행동의 나〉가 서로 엇박자로 가지 않는 원만한 균형과 조화 속에 있었다는 사실을 알아야 합니다.

오늘은 서로 불편하게 생각하는 〈생각의 나〉와
〈행동의 나〉를 한자리에 초대하여 서로 화해시키는 시간을
마련하는 하루가 되었으면 좋겠습니다.

한 점
후회 없이 삶을 살아온 자는
운명에 자유롭다。

오늘은 후회할 때 후회를 하더라도
후회를 피하는 비겁자가 되지 않는
강단 있는 하루가 되었으면 합니다.

그대의 운명이 잘못되었다고 말하지 마세요.
그대의 운명이 가혹하다고 자책하지도 마세요.
그대의 운명이 후회로 점철되었다 해도
가슴 아파하거나 서러워하지 마세요.

지금껏 그대는 주어진 운명을
그런대로 잘 살아왔지 않았습니까.
그대 나름대로 최선을 다해서 살아오지 않았습니까.

그렇습니다.
버릴 게 하나 없는 소중한 지혜와 경험이

그대의 삶 속에 녹아있는 한
그대는 패배자가 아닌 승리자입니다.

그대의 운명을 탓하지 마세요.
이 세상에 한 점 후회 없이 삶을 살아온 사람은
단 한 명도 없으니까요.

이 세상에 완벽한 삶은 결코 존재하지 않습니다.
인간이란 거죽을 두르고 하나의 생명체로 태어난 이상
너 나 할 것 없이 실패와 좌절을 경험하며 살아가게 되어 있으니까요.

그대의 운명은 나름대로 충분한 가치가 있습니다.
충분한 가치가 있는 만큼
그대다운 삶을 그대답게 살아가면
그것이 곧 그대의 운명이니까요.

62/ 깨어 있는 마음은
평정심을 일깨우는
열린 마음이다。

오늘은 세파의 온갖 유혹과 욕망에서
자유로울 수 있는 평정심으로
자신을 사랑하는 하루가 되었으면 합니다.

하루에 한 번이라도
혼자만의 독백으로 자신의 마음을 불러내세요.

혼자만의 독백은 닫혀 있는 마음을 열어주는
힘과 용기라 할 수 있습니다.
독백은 깨어 있는 마음으로 자신을 재평가할 수 있는
기회를 제공하기 때문입니다.

깨어 있는 마음은 온갖 소란과 소요 속에서도
평정심을 일깨워 주는 원천이며 근간입니다.

깨어 있는 마음으로
삶을 살면 과거에 집착하지 않고 현재에 안주하지 않고
미래에 연연하지 않는 번민에서 자유로워집니다.

늘 깨어 있는 마음으로
일상을 살아가면 자신의 정체성을 긍정적으로 바라보는
지혜와 깨달음 그리고 혜안을 얻게 됩니다.

늘 깨어 있는 마음으로
남을 대하면 남과 더불어 살아야 한다는
자신의 존재를 감사할 줄 아는 기쁨을 알게 됩니다.

늘 깨어 있는 마음으로 자신을 사랑하십시오.
자신을 사랑하지 않는 사람은
늘 닫힌 마음으로 이 세상을 살아갈 수밖에 없기 때문입니다.

63/ 행복은
크든 작든 많든 적든 소중함
그 이상 그 이하도 아니다.

오늘은 행복은 남이 주는 것이 아니라
자신 스스로가 만들어 가야 한다는 진리를
깨닫는 하루가 되었으면 한다.

우리는 늘 행복을 꿈꾼다.
행복해지기를 소망하며 많은 시간을 투자하고
많은 노력을 아끼지 않는다.

행복은 가진 자와 있는 자만의 전유물이 아니다.
살을 에는 한풍 속에서 신문지 한 장 이불 삼아 덮고
지치고 고된 육신을 달래는 노숙자에게도 나름의 행복은 있다.

행복은 아무에게나 약속을 하지 않는다.
방관자처럼 얄밉게 우리 주위를 어슬렁거리며 살피다
천천히 아주 천천히 손을 내민다.

행복은 홀연히 나타나서는
주고 싶은 만큼만 주고 소리 없이 사라진다.

행복은 아무나 선택하지 않는다.
게으른 자, 방탕한 자, 몰염치한 자, 배은망덕한 자,
파렴치한 자 등등
인간으로 살아가기를 거부하는 자에겐
결코 그 어떤 협상이나 타협의 기회를 주지 않는다.

늘 행복하다는 생각을 하라!
행복은 자기 마음속에 있는 자기 몫이다.

행복은 행운과 엄연히 다르다.
로또 복권처럼 요행을 바라는 마음으로
행복을 생각하면
그 행복은 이미 유통기한이 지난 불량 식품이다.

⁶⁴/ 어머니는
자식의
절대적 가치관이다。

오늘은 "자기 부모를 섬길 줄 모르는 사람과는 벗하지 말라.
그는 인간의 첫걸음을 벗어난 자이기 때문이다."라는
성인 소크라테스의 말을
가슴에 새기는 하루가 되었으면 한다.

나실 제 괴로움 다 잊으시고 기를 제 밤낮으로 애쓰는 마음
진 자리 마른 자리 갈아 뉘시며 손발이 다 닳도록 고생하시네
하늘 아래 그 무엇이 넓다 하리요 어머님의 희생은 가히 없어라

어버이날이면 한 번쯤 불러 보는
가곡 「어머니 마음」의 1절 노랫말이다.

강보 속의 자식을 마른 자리에 눕히고
본인은 아무 곳이나 마다하지 않는 희생의 정신,
단 것을 뱉어 자식에게 먹이고,
쓴 것은 스스로 삼키는 헌신의 정신이

바로 어머니의 절대적인 사랑이다.

지금 이 시간,
한평생을 자식에 대한 희생과 헌신으로 살아온
어머니의 은공을 가슴속 깊이 뼈저리게 느끼며 사는
자식들은 과연 몇이나 될까?

어머니, 당신의 따사한 품이 그립습니다!
자식들 걱정에 몰래 눈물짓던
당신이 그립습니다!
생각만 해도 가슴이 찡하고 눈물이 핑 도는
당신이 보고 싶습니다!

어머니!
어머니!
우리 어머니!

마음그릇은 마음공부로
마음자리를 찾는 마음 밭이다

남보다 더 가지려 안달하는
속된 어리석음은
감히 버리고 못하는 이기적 몸부림일 뿐
무욕은 자기희생 외면하는
사리사욕으로 인해

나 아닌 남에게 상처를 남긴다

헛되고 그릇된 과욕이
섣부른 만용으로 넘쳐날 때
이만큼만 가지고 싶은 진정한 무욕은
그 어디에도 구원받지 못하는
겉치레 선행처럼

오늘도 제자리를 잃고 방황을 서둔다

어제보다 더 가지고 싶은
탐심 내려놓음이
마음속 깊이 뿌리를 내려
제 자리를 찾을 때
우리 모두가 소망하는
무욕의 깨달음은

비 로 소 완 전 한 자 유 로 우 리 를 구 원 한 다

박치근 詩
[무욕] 전문

65/ 하루 한 번의 성찰은
자신이 자신을 치유하는
깨달음이다。

오늘은 자신의 인성을 일깨워 주는 깨달음은
자기 성찰에 있다는 사실을 유념하는
하루가 되었으면 합니다.

진정한 성찰은 자신의 과오를 인정하고 뉘우치는
깨달음의 한 방편입니다.
심오한 성찰은 자기 자신을 있는 그대로 인정하고
받아들이는 마음공부입니다.

지혜로운 성찰은
이기심을 버리고 남을 위하는 이타심利他心으로
세상을 바라보는 혜안의 눈입니다.

성찰로 자신을 뒤돌아보면 먼저 마음이 편안해집니다.
성찰로 세상을 보면 삼라만상이 새롭게 보입니다.

하루 한 번의 성찰은 어제의 자신을 참회하고
오늘의 자신을 치유하고
내일의 자신을 정화하는 지혜로움입니다.

하루 한 번의 성찰은 자신이 자신에게 주는 감사장입니다.
자신에게 감사할 줄 모르는 성찰은 허울뿐인 성찰이니까요.

늘 깨어 있는 마음으로 자신을 사랑하십시오.
자신을 사랑하지 않는 사람은
늘 닫힌 마음으로
이 세상을 살아갈 수밖에 없기 때문입니다.

+ Page

삶은 부메랑이다

목표물을 향하여 던지면 회전하면서 날아가다가, 목표물에 닿지 않으면 되돌아오는 원리의 부메랑boomerang을 한 번이라도 보았거나 날려본 적이 있나요?

어느 시인詩人은 어차피 혼자 감당해야 하고, 감내할 수밖에 없는 우리 인간의 삶의 여정을 부메랑에 비유하기도 했습니다.

그렇습니다.

얼마만큼 주었고 얼마만큼 베풀었든 간에 언젠가는 준 만큼 베푼 만큼 반드시 돌려받게 되는 삶의 이치가 부메랑의 원리와 흡사하니까요.

당신은 아낌없이 내주는 성향性向입니까? 아니면 그냥 받기만 하는 성향입니까?

전자前者라면 지금 당장은 밑지는 삶을 살아가고 있지만 내일의 인생에 있어서는 손해볼 일이 전혀 없는 사람입니다.

아낌없이 내주는 마음은 곧 미래에 대한 투자이니까요.

후자後者라면 지금 당장은 배부르고 등 따스운 삶을 살아가고 있지만 내일의 인생에 있어서는 손실이 불 보듯 뻔한 사람입니다.

그냥 받기만 하는 마음은 곧 미래에 대한 손해배상이니까요.

누군가가 이런 말을 했습니다.

베푼 사람은 더 많은 것을 얻기 마련이며, 훔친 사람은 더 많은 것을 잃기 마련이라고 말입니다.

그렇습니다.

베풀며 살아가는 사람은 다리를 뻗고 편안히 잠을 잘 수 있지만, 훔치며 살아가는 사람은 꿈자리가 사납기 마련입니다.

어느 시인은 "삶은 삶 그 자체만으로 아름답다."고 했습니다.

우리는 삶이 아름다운 이유를 크고 많고 고귀하고 화려한 것이 주는 의미에서 찾지 않아야 합니다.

작고 적고 검소하고 소박한 것이 주는 가치만으로도 충분히 아름다우니까요.

진정한 삶은 풍부하게 누리며 살지 않아도 나름의 베푸는 만족이 있으면 아름다운 법입니다.

받기만 하는 삶은 피곤한 삶입니다.

늘 근심과 걱정이 따르기 마련이니까요.

베푸는 삶은 편하고 걱정 없는 삶입니다.

늘 안락과 희망이 따르기 마련이니까요.

오늘부터라도, 아니 오늘이 늦었다면 내일부터라도

작은 베풂이라도 실천하며 살아가는 삶이 되었으면 좋겠습니다.

⁶⁶/마음그릇은
마음공부로 마음자리를 찾는
마음 밭이다。

오늘은 정도가 지나친 것은
오히려 모자란 것만 못하다는 말처럼
분수에 맞는 정도만 담을 수 있고 채울 수 있는
마음그릇을 깨우치는 하루가 되었으면 합니다.

그대의 마음그릇은 얼마나 큽니까?
지금 그 마음그릇에 무엇이 채워져 있습니까?

어느 날 갑자기 인간으로 태어나 삶이란 굴레에 매여
어쩔 수 없이 살아가야 하는 우리는
자신이 가지고 있는 마음그릇을 잘 살펴보아야 합니다.

마음그릇을 잘 살펴야 하는 이유는
주어진 환경에 따라 수시로 변덕을 부리는
마음의 작용을 살피고 있는 그대로 바로 보아
그 마음에 휘둘리지 않을 수 있기 때문이고

무엇을 담느냐가 아니라
무엇을 비우느냐를 중요하게 여길 수 있기 때문입니다.

그릇에 흘러넘치는 물은 이미 물의 이용 가치가 없듯이
담고 채울 수 있는 한계를 넘어선 물질은
한낱 부질없고 덧없는 탐심 그 이상 그 이하도 아닙니다.

굳이 아등바등 물불 가리지 않고
억지로 담으려거나 채우려고 하지 마세요.

억지로 담고 채우려 하면 할수록
온갖 번뇌와 망상에 사로잡혀
가지고 있는 것마저도 모조리 잃게 되는
어리석은 사람이 되기 십상이니까요.

적당히 분수껏 담고 채우십시오!
하나를 얻으면 또 하나를 얻고 싶은 욕망을 버리십시오!
쌓으면 쌓을수록 빨리 무너지기 마련이니까요.

⁶⁷/간소한 삶은
평범한 가운데
단순하게 사는 것이다.

오늘은 어제보다 간소한 삶, 평범한 삶, 단순한 삶으로
아름다운 마무리를 위해 노력하는
여유로운 하루가 되었으면 합니다.

이 세상에 만족스럽지 않은 삶을 살고자 하는 사람은 없습니다.
태어나는 순간부터 욕망이란 지게를 지고 살아갈 수밖에 없는
조건자라는 이유 하나만으로 우리 인간은
나름의 만족을 얻기 위한 몸부림을 마다하지 않기 때문입니다.

과연 하루하루를 살아가면서
얼마만큼의 만족을 느끼며 살아야
삶다운 삶이라 할 수 있을까요?

남보다 더 가지려 안달복달하는 삶이
과연 만족스러운 삶일까요?

남보다 더 높아지려고 아등바등하는
삶이 과연 만족스러운 삶일까요?

남보다 더 행복하기 위해 집착하려 드는
삶이 과연 만족스러운 삶일까요?

아닐 것입니다.

단순하고 평범한 것만으로도
충분히 만족을 얻을 수 있는 삶이
삶다운 삶일지도 모릅니다.
결코 크지도 않고 높지도 않고 화려하지도 않은
삶이야말로 삶다운 삶이기 때문입니다.

⁶⁸／함께하는 사랑은
한마음 한 방향
한길이다.

오늘은 둘을 따로 갈라놓으면 하나가 되지만
하나를 둘로 갈라놓으면 본모습을 잃게 된다는 사실을
깨닫는 하루가 되었으면 합니다.

너와 내가 하나 되어 함께하는 사랑은
서로를 생각하는 것만으로도 더없는 기쁨이며 축복입니다.

서로 함께 하는 사랑은
오늘을 위하고 내일을 예비하는 희망이며 용기입니다.
삶이 그 아무리 가시밭길이고 험하다 해도
함께 할 수 있다는 자체만으로
희망이며 용기이기 때문입니다.

서로 함께 하는 사랑은
사랑하는 사람이 곁에 있다는 사실 하나에

끝 간 데 없는 행복을 느낍니다.
한쪽이 방황할 때 다른 한쪽이 손 내밀어 주는 것만으로도
사랑의 의미는 너와 내가 살아가야 하는
존재의 이유 그 이상 그 이하도 아니니까요.

서로가 함께 하는 사랑을 소홀히 하지 마세요.
소홀히 하는 순간 사랑의 진실은 퇴색되기 마련이니까요.

믿음과 이해 그리고 배려와 양보로
함께 하는 사랑은 인생 최고의 이상이며 멘토입니다.

⁶⁹가을 서정은
마음의 여유를 찾는
삶의 뒤안길이다。

오늘은 잠시 소홀히 했던 마음의 여유를 되찾는
슬기롭고 지혜로운
하루가 되었으면 합니다.

가을에는 삶의 여유를 찾으려는 노력을 하십시오.
삶의 여유는 결코 물질의 풍부함을 통한 것이 결코 아닙니다.
부족한 가운데 마음의 여유를 찾아야 합니다.

주어진 환경을 바꾸면서까지
마음의 여유를 찾으려 하지 마세요.

자신에게 주어진 삶이든 자신이 선택한 삶이든
나름의 그 이유의 여백을 즐기다 보면
마음의 여유는 자연스레 찾아오는 법이니까요.

마음의 여유를 찾을 수 있는 삶의 여백은
몇 가지 원칙을 정해 놓고 성실히 지키다 보면
시나브로 생기기 마련입니다.

마음의 여유가 풍성해지면 남에게 쉽게 휘둘리지 않습니다.
마음의 여유가 자신의 내면과 영혼에 뿌리를 내리면
정신적으로 방황하지 않습니다.
마음의 여유가 충만해지면 삶의 중심은 흔들리지 않습니다.

가을에는 마음의 여유를 찾을 수 있는
홀로서기 짧은 여행을 떠나세요.
가을 여행은 자신이 살아온 회한의 삶을 뒤돌아보게 하고
아픈 상처를 치유해 주는 한 편의 서정시이니까요.

⁷⁰ 사랑은
서로를 위하는
공범인 동시에 현행범이다。

오늘은 사랑이란 두 글자는
이 세상에 둘도 없는 신비스런 묘약임을
되새기는 하루가 되었으면 합니다.

사랑은 죽어 있는 감정이 아니라 살아 있는 감정이어야 합니다.
사랑은 죽어 가는 느낌이 아니라 살아 움직이는 느낌이어야 합니다.

사랑을 통해 교감을 이루는 진정한 감정과 순수한 느낌은
한 마디 말이 없어도 서로의 진실을 읽고 싶은
무언의 약속 같은 것입니다.

향기 그윽한 차는 천천히 음미하면서 마셔야 운치가 있듯
사랑 또한 허용된 깊이와 넓이 그리고 무게만큼만
서로 주고받을 때 그 의미와 가치가 배가되기 때문입니다.

사랑은 서로 간의 이해와 용서
그리고 믿음입니다.
지나친 구속과 집착에서 자유로울 때
이해와 용서 그리고 믿음은
참된 사랑의 밑거름과 배경이 되니까요.

사랑하는 연인끼리는
서로 가해자가 되어서도 안 되고
피해자 또한 되어서도 안 됩니다.

참된 사랑은 오직 서로를 위한 현행범인 동시에
공범이 될 때 가장 향기로운 법입니다.

적당히 분수껏 담고 채우십시오!
하나를 얻으면 또 하나를
얻고 싶은 욕망을 버리십시오!
쌓으면 쌓을수록 빨리
무너지기 마련이니까요.

+ Page

건망증

우리는 때로는 기억 장애라고 불리는 건망증 때문에 본의 아니게 낭패나 곤란을 겪는 자신을 보고 화들짝 놀라기도 하고 이럴 리가 없다는 자기 의문에 사로잡혀 고개를 설레설레 흔들기도 합니다.
그리고 대부분이 건망증을 좋은 쪽보다는 나쁜 쪽으로 몰아세우는 경향이 강한 편입니다.

하지만 건망증을 단순히 건망증으로 받아들이지 않고 다른 각도에서 바라봄으로써 삶을 살아가는데 나름의 깨달음을 얻을 수 있다고 한다면 어불성설일까요?

건망증은 때로는 포화 상태에 있는 기억 주머니를 깔끔하게 비워 주는 순기능 역할을 하기도 합니다.
수용할 수 있는 한계를 초과한 기억 주머니는 자칫 신선하고 기발한 발상發想을 해내는 뇌의 정상적인 기능을 저해시키는 것은 물론 불필요하거나 전혀 쓰임새가 없는 잡다한 생각을 불러일으키는 요인으로 작용하기도 하니까요.
그래서 혹자는 건망증을 필요악이라 했는지도 모릅니다.

사실 우리가 안고 사는 근심과 걱정은 고생하지 않아도 될 일을 제 스스로 만들어 고생한다는 말처럼 애써 기억하지 않아도 되는, 그다지 소중하지도 중요하지도 않은 기억을 자신도 모르게 떠올리는 마음에서 비롯되는지도 모릅니다.

어느 시인은 많이 기억하는 능력보다 적당하게 잊어버릴 줄 아는 망각이 때로는 삶을 지혜롭게 살아가는 하나의 방편方便이 될 수 있다고 했습니다.

그렇습니다.
기억하는 것이 많으면 많을수록 생각은 복잡해지고, 생각이 복잡해지면 질수록 행동은 방향을 잃고 혼선을 일으키게 마련인 것이 우리 인간의 사고思考의 한계니까요.

건망증이 심하다고 해서 자신을 나무라거나 원망하지 마세요.
잊어버려야 할 것을 제때 잊어버렸다고 스스로 위로하세요.
그러다 보면 깜박 잊고 있었던 소중하고 중요한 기억이 되살아날지도 모르
니까요.
건망증 때문에 스트레스를 받지 마세요.
스트레스는 병이랄 수 있지만 건망증은 결코 병이 아닙니다.
건망증은 한순간의 착각에서 비롯되는 자기 방심일 뿐이니까요.

우리는 건망증을 자기 학대의 빌미로 삼지 않아야 합니다.
건망증이란 녀석은 자신을 지나치게 의식하는 사람에게는 죽자 사자 달라
붙는 고약한 습성이 있으니까요.

오늘은 기억할수록 아픔이 되고, 슬픔이 되고, 근심이 되고, 걱정이 되는 기억은 건망증에게 부탁을 해서라도 기억 밖으로 내쳐 버리는 하루가 되었으면 좋겠습니다.

참된 인생은
오늘의 노력을 포기하지
않는 자의 몫이다.

오늘은 단 하루를 살다 가더라도
밑지는 인생을 살아간다는 생각을 하지 않는
긍정의 하루가 되었으면 합니다.

'인생은 뿌리 없는 평초萍草와 같다'는 속담이 있습니다.
이름 석 자를 담보로 인생을 산다는 것은
마치 물 위에 떠다니는 개구리밥처럼
허무하고 믿을 수 없는 것임을 비유적으로 이르는 말입니다.

역설적으로 말하면
선택한 삶의 터전에 뿌리를 내리지 못하고 사는 인생은
내일을 예비하는 최소한의 노력조차
포기한 것이나 다름없다는 뜻입니다.

주어진 인생을 함부로 내치려 하지 마세요.

'인생 백 년에 고락이 상반相半이라'는 속담이 말하듯
우리네 인생사는 괴로운 일과 좋은 일이 반반입니다.

우리는 잊지 말아야 합니다.
속세를 떠나 아무 속박 없이
조용하고 편안한 삶을 살 수 있는
유토피아는 결코 존재하지 않는다는 것을!

오늘의 인생을 포기하지 마세요.
내일의 인생을 미리 예단하지 마세요.

오늘의 노력을 포기하지 마세요.
오늘의 노력을 포기하지 않는 사람만이
내일의 인생을 살아갈 자격을 가질 수 있습니다.

오르막 인생이 있으면 내리막 인생도 있기 마련인 것이
우리네 인생사 이치이며 진리이니까요.

⁷²/소유에
집착하는 사람은 만족해도
만족할 줄 모른다.

오늘은 무소유란
아무것도 갖지 않는 것이 아니라
불필요한 것을 갖지 않는다는
법정 스님의 말씀을 실천하는
하루가 되었으면 합니다.

소유에 집착하는 삶을 살아가는 사람은
늘 온갖 번민과 갈등에 얽매이게 됩니다.

매사를 늘 부족하고
늘 불만족스런 마음으로 살아가기 때문입니다.

소유욕에 갇혀 삶을 살아가는 사람은
소중한 이 순간을 위해 살지 못하고
지나간 과거에 연연하고
불확실한 미래에 대한 불안을 가지고 살아가게 됩니다.

지나친 소유에 아등바등하는 사람은
가진 것이 많으면서도 무언가 부족하고 모자란 것 같은
결핍감에 사로잡히고
정신적인 갈증과 심리적인 허기를 느끼면서 살아가기 마련입니다.

그 이유는 만족할 줄 모르는 어리석음으로
삶을 살아가는 데에만 혈안이 되기 때문입니다.

소유에 달관한 사람은 부족함이 있다 해도
늘 감사와 만족으로 삶을 살아갑니다.

기쁨이 충만한 삶을 살아가는 사람은
부족함 속에서도 나름의 만족을 느끼면서
자신을 변호하는 현명한 사람이니까요.

73/ 가을 낙엽은
내일을 기약하는
내면의 침묵이다.

오늘은 그럴듯하게 꾸며 대는 말보다
말을 아끼는 침묵으로
자신의 생각을 견고히 하는
하루가 되었으면 합니다.

가을 낙엽은 침묵을 자신의 분신마냥 소중히 여깁니다.

가을은 추운 겨울을 채비하는 순간에도

내면의 침묵으로 자신을 다스립니다.

앙상한 가지에 위태롭게 걸려 있는 나뭇잎 하나

삭풍에 분분히 스러져도

무저항의 침묵으로 낙하의 본분을 게을리하지 않으니까요.

가을 낙엽은 내면의 침묵을 통해

자신 나름의 깨달음의 눈을 소중히 하는 미덕을 가지고 있습니다.

세파의 온갖 소란과 소요를 고요함으로 다스릴 줄 아는

내면의 침묵을 사랑하기 때문입니다.

우리는 내면의 침묵을 통해
영혼의 고요함을 지킬 줄 아는 심성과
인성을 배워야 합니다.

우리는 자신의 소임을 다하고 소리 없이 떨어지는
가을 낙엽 하나라도 소홀히 취급하지 않아야 합니다.
다음 해 새로운 환생을 기약하는 내면의 침묵이
오롯이 간직되어 있으니까요.

⁷⁴/바람직한 삶은
선택의 가벼움과
무거움에 좌우된다。

오늘은 삶의 가치는 자신이 생각하기 나름이고
받아들이기 나름이고 도전하기 나름이라는
진취적인 하루가 되었으면 합니다.

지금 그대는 어떤 삶을 살아가고 있나요?
혹 비굴한 모습으로 많은 것을 누리는 삶인가요?
아니면 부족하지만 늘 당당하게 살아가는 삶인가요?

전자의 삶이라면 물욕에 찌든 이기적인 삶 그 이상 그 이하도 아니며
후자의 삶이라면 세파의 탐심에 오염되지 않은
이상적인 삶 그 이상 그 이하도 아닙니다.

그렇습니다.
바람직한 삶은 남을 배려하지 않는 이기적인 타성에 젖어
결코 방황하지 않으며 온갖 부정과 부당한 간섭으로부터

자유로운 삶이어야 합니다.

"우리는 지금 어느 장단에 놀아나든지 정신을 바짝 차리고 깨어 있어야 한다. 깨어 있는 자만이 자기 몫의 삶을 자주적으로 살아갈 수 있다."는 법정 스님의 말씀대로
자신이 선택한 삶을 그냥 아무 생각 없이
저울질하는 과오를 저지르지 않아야 합니다.

75/ 행복은
최적의 기쁨과 보람
그리고 만족에 있다。

오늘은 "행복은 자신을 다른 사람과 비교하지 않는 것이며
각자 자기 몫의 삶이 있으니
남과 비교할 필요가 없다."는 법정 스님의 말씀을
되새기는 하루가 되었으면 합니다.

홀로서기 사랑은 외롭고 쓸쓸하고 덧없습니다.

남녀 간의 사랑은 일면식도 없는 다른 둘이

어느 날 갑자기 하나가 되는 기적 그 이상입니다.

그런 기적 같은 영원한 사랑을 원한다면

사랑하는 연인에게

온 마음을 다해서 자신의 모든 것을 헌신해야 합니다.

마지막 남은 자존심까지도 사랑하는 연인을 위해

아무 대가 없이 아낌없이 내어 주어야 합니다.

사랑하는 연인끼리는
이해와 배려 그리고 믿음과 희생을 강요하지 않고
자기 위주의 행동에 억지로 끌어들이지 않아야 합니다.

영원한 행복을 꿈꾸는 연인은
영원한 사랑을 위해
때묻지 않은 순수한 열정으로
최적의 기쁨과 최적의 보람과 최적의 만족을
줄 수 있는 평생 동업자가 되어야 합니다.

오늘의 인생을 포기하지 마세요.
내일의 인생을 미리 예단하지 마세요.
오늘의 노력을 포기하지 마세요.
오늘의 노력을
포기하지 않는 사람만이
내일의 인생을
살아갈 자격을
가질 수 있습니다.

문자 메시지

오늘 하루 동안 몇 통의 문자 메시지를 주고받았나요?

그런 걸 왜 묻느냐고요?

글쎄요? 아니, 나름 이유가 있으니까요.

그 이유가 뭔지 듣고 싶다고요?

자기 자신에게 문자 메시지를 보낸 적이 한 번이라도 있나요?

지금 그 의아해 하는 표정을 보니 알 만하군요.

자신에게 부끄럽지 않으세요?

무슨 뜻으로 하는 말이냐고요?

남에게는 좋든 싫든 문자 메시지를 밤낮을 가리지 않고 주고받으면서 자신에게는 한 줄의 문자 메시지조차 보내지 않는 사고방식이 한심하다 못해 어이를 상실할 지경이라는 뜻입니다.

아직도 이 질문의 의미를 모르겠다고요?

남에게는 아주 쉽게 칭찬도 하고 격려도 하면서 자신에게는 여태껏 단 한 번의 칭찬이나 격려도 해보지 않은 소심한 사람이군요.

생존 경쟁에서 살아남을 수 있는 자기 관리는 자신 스스로가 깨우쳐 가는 과정에서 터득해야 합니다.

자신을 소홀히 취급하는 사람일수록 대인관계가 원만하지 않을뿐더러 사회에 적응하는 데 애로가 따르기 마련이니까요.

먼저 자신에 대한 신뢰를 소홀히 하지 말아야 합니다.

그러기 위해서는 남이 자신에게 주는 한 마디 격려와 칭찬보다 자신이 자신에게 주는 한 마디의 격려와 칭찬이 그 무엇보다도 소중하다는 사실을 알아야 합니다.

지금이라도 발신자이자 수신자인 〈나我〉에게 격려와 칭찬의 문자 메시지를 간단하게 보내보세요.

- 인마, 괜찮아! 그럴 수도 있어. 다음에 잘하면 되잖아!

- 오늘 정말 좋았어! 내일도 좋을 거야! 그래, 파이팅이다!

자신이 자신에게 보내는 칭찬과 격려의 문자 메시지는 그 어느 칭찬과 격려보다 더없이 소중한 정신적 자산입니다.

자신에게 칭찬과 격려를 아끼지 마세요.

어제까지만 해도 돌아앉아 있던 용기와 배짱이 알게 모르게 자신을 변호하고 대변할 테니까요.

그리고 바로 삭제하지 말고 보관함에 고이 담아두었다가 일이 뜻대로 풀리지 않거나 자신이 왠지 싫어지고 한심하게 느껴질 때 한 번씩 꺼내 보세요.

삶의
굴렁쇠는 계속
굴려야 한다。

오늘은 대충대충 건성건성 살아가는 삶은
있으나 마나 한 공허한 삶이라는
사실을 자각하는 하루가 되었으면 한다.

남자는 이순耳順의 나이가 되면
한 번쯤은 인생의 덧없음을 되새기며
아등바등 살아온 인생길이 못내 억울하고 아쉬워
소주 한 잔 담배 한 개비에
고독을 삼키며 몰래 눈물을 흘릴 때가 있다.

그 이유는 자신도 모르는 사이에
소중한 무엇인가를 잃어버린 듯한 상실감 때문이다.

상실감은 모든 일이 귀찮아지는 삶의 탈진을 부른다.
여기서 탈진은 자기 부정이다.

자기 부정은 앞으로 살아가야 하는 삶에 대한 비생산적인 사고思考다.

우리가 살고 있는 세상이 아무리 팍팍하다 해도
긴 시간 동안 늘 그래왔듯 오늘도
그리고 내일도 고단한 삶의 굴렁쇠를 계속 굴려야 한다.
아직도 할 일이 많이 남아 있기 때문이다.

77/ 침묵은
참다운 나를 일깨우는
자신과의 소통이다.

오늘은 '인간은 말하는 것은 배우지만
침묵하는 것은 여간해서 배우지 않는다.'는
유태 격언을 한 번쯤 중얼거려 보는
하루가 되었으면 합니다.

침묵은 참 나를 일깨우는 자신과의 소통입니다.

하루에 단 5분이라도 나름의 침묵을 가까이 해보세요.

평소에는 느끼지 못했던

자신의 내면을 들여다 볼 수 있을 테니까요.

침묵을 벗 삼을 줄 아는 사람은

자신의 순수한 내면인 참다운 나를 사랑하는 사람입니다.

침묵은 미처 깨우지 못한

잠재의식의 가치를 알게 되는 지름길입니다.

온갖 망상과 번뇌로 마음이 불안하거나 우울할 때

침묵을 동반한 명상으로 자신을 뒤돌아보세요.

혼란스런 마음이 고요하고 평화로워지면서
이기심과 탐욕으로 오염된 정신과 영혼이 맑아질 테니까요.
그럴 때 우리는 비로소 미처 깨닫지 못했던 참다운 나를 만날 수 있
습니다.

침묵은 말 없음이 아닌
자신의 내면을 고요한 마음으로
관조하는 또 다른 잠재의식입니다.

⁷⁸∕오늘도
바위는 작은 행복을 위해
묵언수행 중이다。

오늘은 마음의 수행이란 긍정적인 생각들을 키우고
부정적인 생각들을 물리치는 일이라는
교훈을 되새기는 하루가 되었으면 한다.

세파의 모진 바람 소용돌이치는 깊은 계곡 정상

홀로 가부좌 튼 바위 하나

오늘도 담담한 얼굴로 저만치 돌아앉아 남몰래 침묵을 벗 삼는다.

욕망에 찌든 얼굴로 광란의 몸짓 마다않는 세태에

아픈 신음 흘리는 우리네 현실이 안쓰러운 모양이다.

바위는 알고 있다.

냉혹한 현실을 주어진 운명처럼 받아들이며 살아야 하는

우리네 뜨거운 심장 박동 소리는

언제나 소박한 꿈을 향한 이상향

그 이상 그 이하도 아니라는 것을!

오늘도 바위는 묵언수행默言修行 중이다.
부질없는 몸부림인 줄 알면서도…….

아-!
오늘은 바위를 닮고 싶다.
우직함 하나로 미쳐 돌아가는 세상 묵묵히 내려다보는
깨달음의 니르바나nirvana를 닮고 싶다.
가진 것이 부족하고 적다 해도 작은 행복 하나에
함께 웃을 수 있는 향기 나는 세상을 만나고 싶다.

⁷⁹/외로움은
불시에 찾아오는
불청객이다.

오늘은 외로움을 그냥 스쳐 지나가는 바람으로
평가절하하는
슬기로운 하루가 되었으면 합니다.

혹여 지금 많이 외로운가요?
너무 외로워하지 마세요.
외로움은 나약한 감정이 불러들인
낯선 불청객 그 이상 그 이하도 아닙니다.

외로움에 자신을 함부로 내던지지 마세요!

외로움은 혼자 있다고 해서 외로운 것이 아니라
혼자라고 생각하기 때문에 외로운 건지도 모르니까요.

"외로움의 가장 큰 문제는 자신만이 외롭다고
생각하는 것이다."
존 록펠러의 말입니다.

그렇습니다.
외롭다는 생각으로 자신을 학대하면 할수록
외로움을 이겨낼 수 있는 의지는 그만큼 줄어들기 마련입니다.

우리가 살고 있는 세상이 아무리 팍팍하다 해도
긴 시간 동안 늘 그래왔듯 오늘도
그리고 내일도 고단한
삶의 굴렁쇠를 계속 굴려야 한다.
**아직도 할 일이 많이
남아 있기 때문이다.**

일일불독서—日不讀書 구중생형극口中生荊棘

하루에 한 번이라도 아니, 단 10분이라도 책을 읽으시나요?
아니, 하루에 한 번이라도 책을 읽어야겠다는 마음을 가져본 적이 있나요?
아니, 한 달에 몇 권은 읽어야지 하는 나름의 계획을 세워본 적이 한 번이라
도 있나요?
아니라고요?
그럼 그대는 삶을 아무 생각 없이 안일하게 살아가는 비생산적인 사람이군요.
지금 악담 내지는 험담을 하고 있다고요?

책을 안 읽는 데는 물론 나름의 자기 핑계와 자기 변명이 있겠죠.
그 핑계와 변명거리는 그야말로 부지기수라는 표현이 무색할 정도로
유치찬란幼稚燦爛 그 이상 그 이하도 아닙니다.
먼저 시간이 없거나 모자라서, 귀찮고 번거로워서, 재미도 없고 지루하고
답답해서, 취향이 아니라서, 흥미가 없어서, 왠지 글장난 말장난 같아서, 거
짓말투성이라서, 배울 게 하나도 없어서, 잘난 체 하는 거 같아서 그리고 그
말이 그 말 같아서, 책값이 아까워서…… 등등.

알고 있나요?

설득력이 없는 핑계와 변명은 자기 합리화일 뿐이라는 사실을.
자기 합리화에 길들여져 있는 사람은 궁리하는 힘인 사고력思考力을 스스로
말라죽게 하는 어리석음을 저지르기 쉽습니다.
그만큼 책을 안 읽는 핑계와 변명은 백해무익 그 자체입니다.

아직 늦지 않았습니다.
늦었다고 생각할 때가 가장 빠르다는 말도 있듯 지금부터라도 책을 가까이
해보세요.
다른 그 어떤 즐거움보다 수백 배 수천 배 짜릿한 즐거움을 만끽할 수 있을
테니까요.

책을 안 읽는 사람은 머리는 있으나 생각과 감정을 포기하고 사는 사람입
니다.
책을 멀리하는 사회는 지혜와 깨달음은 없고 외면당한 소통으로 신음하는
사회입니다.
책이 죽어 있는 국가는 말라비틀어진 영혼으로 산소 호흡기에 연명하는 식
물 국가입니다.

반만년 역사를 자부하는 우리나라 대한민국에 여태껏 노벨문학상 수상 작가가 한 명 없는 단 하나의 이유는 책 읽기를 무슨 고약한 알레르기로 생각하는 사회 분위기 때문이 아닐까요?

오늘은 천금보다 소중한 시간을 생매장하고, 생각을 혼란스럽게 하고, 감정을 메마르게 하고, 인성을 도외시하게 만드는 그 생뚱맞고 야단스러운 휴대폰을 단 30분만이라도 꺼 두고 책을 벗 삼는 하루가 되었으면 좋겠습니다.

"하루라도 책을 읽지 않으면 입 안에 가시가 돋는다."는
안중근 의사의 말씀을 상기하면서 말이죠.

오늘 하루는 내 삶의 나침반

하루의 가치는 소중합니다. 24시간이란 틀 속에서 자신만을 위해 존재하기 때문입니다. 하루라는 시간은 결코 서두르거나 초조해 하거나 게으름을 피우지 않습니다. 언제나 변함이 없는 한결같은 마음으로 자신의 본분을 지키려 애를 씁니다.

하루는 과거진행형이 아닌 현재진행형입니다.
하루는 현재가 주관하는 우주의 순환이며 자연의 흐름입니다.
그 순환과 흐름 속에 우리 인간은 '너와 나'라는 시절 인연이 주는 사슬에 얽매여 더불어 호흡하며 미우나 고우나 희로애락을 함께하는 존재입니다.

하루는 우리 모두에게 깨달음의 교훈을 주는 스승입니다. 하루는 '너와 나' 우리가 지금 이 순간 어디에 있는지를 냉정하게 알려주는 이정표이기 때문입니다. 희망의 출발선에 있는지, 절망의 늪에 빠져 있는지를 알게 해주는 공평무사한 심판관입니다.
하루는 우리가 노력한 만큼만 인정하고 이룬 만큼만 보상해주는 현실주의자입니다. 하루는 꾸준히 땀을 흘리며 열심히 노력하는 자에게는 동등

한 자격을 주지만, 이기적인 이해타산으로 자신만을 위하고 남을 기만하는 자에게는 결코 호의를 베풀지 않습니다.

하루에 충실하세요!
인생에 있어 하루는 짧게는 한 달을, 길게는 일 년을, 더 길게는 십 년을 대비하는 깨달음의 지혜입니다. 그리고 오늘은 오늘로 마무리해야 합니다. 내일로 이월되지도 않고, 이월해서도 안 되고, 이월할 수도 없는 고정불변의 진리가 오늘이기 때문입니다.

이 책을 통해 오늘도 자기 나름의 삶을 충실히 살아가는 모든 분이 "하루를 게을리하는 자는 평생을 포기하는 것이나 마찬가지다."라는 좌우명을 한 번쯤 되뇌어 보는 소중한 하루가 되기를 소망합니다.

희망찬 봄을 맞으며
박치근

삶이 소중한 이유

1판 1쇄 인쇄 2017년 3월 23일
1판 1쇄 발행 2017년 4월 6일

지은이 박치근
펴낸이 임종관
펴낸곳 미래북
편 집 정광희
본문디자인 디자인 [연:우]
등록 제 302-2003-000026호
주소 서울특별시 용산구 효창원로 64길 43-6 (효창동 4층)
마케팅 경기도 고양시 덕양구 화정로 65 한화 오벨리스크 1901호
전화 02)738-1227(대) | 팩스 02)738-1228
이메일 miraebook@hotmail.com

ISBN 978-89-92289-92-4   03810